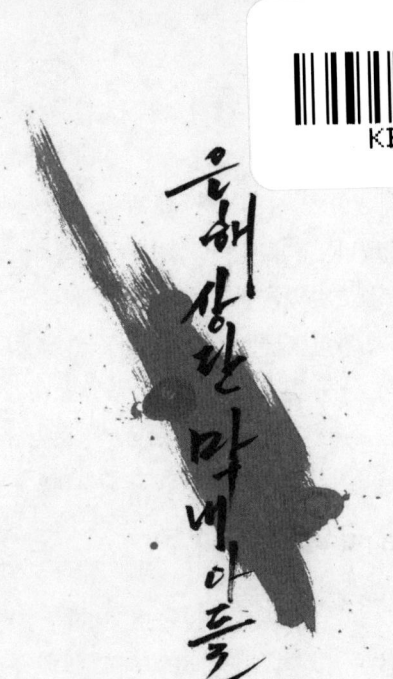

은해상단 막내아들 6

초판 1쇄 발행 2023년 11월 23일

지은이 ㅣ 향란
발행인 ㅣ 최원영
편집장 ㅣ 이호준
편집디자인 ㅣ 한방울
영업 ㅣ 김민원

펴낸곳 ㅣ ㈜ 디앤씨미디어
등록 ㅣ 2002년 4월 25일 제20-260호
주소 ㅣ 서울시 구로구 디지털로 26길 111 JnK디지털타워 503호
전화 ㅣ 02-333-2513(대표)
팩시밀리 ㅣ 02-333-2514
E-mail ㅣ papy_dnc@dncmedia.co.kr
블로그 ㅣ blog.naver.com/gnpdl7

ISBN 979-11-364-4886-6 04810
ISBN 979-11-364-4602-2 (SET)

6

향란 신무협 장편소설

PAPYRUS ORIENTAL FANTASY

은해상단 막내아들

PAPYRUS
파피루스

26장. 흑막은 원래 가까운 곳에 있다

흑막은 원래 가까운 곳에 있다

나는 당수빈 소저를 따라 별당을 나섰다.

"저희 사천당가는 크게 내처(內處)와 외처(外處), 그리고 사무장(事武場)으로 나뉩니다."

"그럼 제가 머무는 곳은 어딥니까?"

"당연히 외처죠. 법도상 외부인은 절대 내처 안에서 머무를 수 없으니까요."

"그럼 오늘 내처는 볼 수 없겠군요."

내 아쉬움 섞인 말에 그녀는 고개를 저었다.

"그건 아니에요."

"네? 방금 절대 내처 안에서 머무를 수 없다고……."

"해시(亥時:21시~23시)가 되기 전에 나가면 되거든요."

무슨 뜻인지 이해가 갔다.

"혹시 내처 안에서 머무를 수 없다는 건, 그곳에서 밤을 보낼 수 없다는 의미입니까?"

"네. 맞아요."

당수빈 소저는 고개를 끄덕였다.

"내성이 아닌 외성을 가진 이들과 외부인들에게 적용되는 법도이죠."

나는 다시 질문했다.

"그럼 내성과 외성은 어찌 구분됩니까?"

당수빈 소저는 내 물음에 친절하게 설명해 주었다.

"내성은 직계를 의미합니다. 그러니까 태상가주와 가주, 그리고 그 자녀를 제외한 방계 모두가 외성이죠."

"그렇군요."

"만약 자신의 형제 중 하나가 가주가 된다면 나머지 형제들은 그때부터 직계가 아닌 방계가 되고요. 아마 대부분의 가문이 그럴 거예요."

그건 은해상단 역시 마찬가지다.

그래서 세가 큰 가문에서는 치열한 후계 싸움이 벌어지곤 한다.

방계로 밀려나지 않기 위해서.

그리고 자신의 자녀를 통해 직계의 계보가 이어지게 하려고.

그걸 생각하면 지난 삶에서 정호 형이 나에게 상단주 자리를 양보하려 했던 건 상당히 큰 결심을 했다는 의미이기도 했다.

그래도 우리 상단은 같은 혈족이면 무조건 내당에 들어와 머무를 수 있는데.

이곳은 제법 엄격하네.

"그럼 내처에 먼저 가 보실래요?"

"예, 안내 부탁드립니다."

당수빈 소저는 나와 일행을 데리고 높은 담장 사이의 길을 걸었다.

마차 두 대가 교행해도 무리가 없을 정도로 넓은 길을 걸으며 마치 저자의 골목을 걷는 기분을 느꼈다.

곧 우리는 사천당가의 내처에 당도했다.

우리가 다가오자 내처의 앞을 지키던 무사들이 서로 창을 교차하였다.

"멈추십시오!"

"이곳의 출입은 허가받은 자만이 가능합니다."

그 말에 당수빈은 자신의 품에서 패를 꺼내 보이며 말했다.

"당수빈입니다. 이분들은 가문의 은인으로, 가주님의 허락을 받고 세가 내부를 견학 중입니다."

그리고 그녀는 우리에게 말했다.

"아까 제가 드린 패 있죠? 그걸 보여 주세요."

그러고 보니 별당을 나서기 전에 당수빈 소저는 우리에게 옥으로 만든 패를 하나씩 나누어 주었다.

설명에 의하면 특별 신분패라고 했다.

우리가 그걸 보여 주자 무사들은 창을 다시 바로 하고

는 길을 열어 주었다.

"실례했습니다. 들어가십시오."

나는 내처의 대문을 넘으며 내 손에 들린 옥패를 슬쩍 보았다.

그러니까 이게 이 사천당가 안에서 통용되는 통행증이나 마찬가지인 거구나.

좋네.

사천당가의 내처는 상당히 잘 꾸며진 곳이었다.

붉은색 지붕과 높은 건물들이었지만, 어딘가 마음이 편안해지는 곳이었다.

그녀가 어딘가를 가리키며 말했다.

"저곳이 제 처소인데, 가서 차라도 한잔하실래요?"

접빈실이 아니라 처소에서 차를 마시자니, 대체 무슨 생각인 거지?

그 물음에 나는 웃으며 거절했다.

"송구합니다. 사실 제가 시간이 그리 많지 않습니다. 그리고 사천당가는 무척 넓다고 들었습니다."

"그렇기는 하죠."

내 말에 수긍한 당수빈 소저는 아쉽다는 표정을 지었지만, 다시 미소 띤 얼굴로 우리를 이곳저곳으로 안내했다.

내처는 직계가 머무는 곳.

그 말은 머무는 자들이 많지 않다는 의미이다.

그런데도 그 규모가 어마어마했다.

내처를 다 둘러보기 위해 오전을 할애해야 했다.

하지만 덕분에 알게 되었다.

이 내처의 건물들이라든지, 조경을 위한 나무나 바위들 모두 아무렇게나 배치한 것이 아니었다.

철저히 진법에 따라 세워져 있었다.

지난 삶에서 진법에 걸려서 고생했던 적이 제법 많아서 나름 진법을 공부했었다.

덕분에 내처를 구성한 모든 것이 진법임을 알아볼 수 있었다.

침입자를 막는 것과 동시에 쉽게 나가지 못하는 역할을 하는 진법이었다.

여차하면 이곳에서 최후의 항전을 하겠지.

당수빈 소저가 말했다.

"그럼 점심을 드시고 외처와 사무장을 돌아보면 되겠네요."

"그래야겠군요."

"그 전에, 잠시만요."

그녀는 나를 바라보았고, 나는 고개를 갸웃했다.

"뭐 하실 말씀이라도?"

"그게 아니라, 은공을 보면서 마음의 평안을 좀 느끼려고요."

"네?"

"저는 잘생긴 남자를 보면 마음이 평안해지거든요."

"……."

두 손을 모으며 나를 바라보는 그녀를 보며 뭐라고 해야 할지 몰라 말문이 막혔다.

뒤에서는 팔갑이 재밌어 죽겠다는 표정이고.

당수빈 소저가 죽은 것이 무림맹의 수작이었다면, 분명 미남계를 썼을 거라는 생각이 문득 들었다.

.

.

.

점심을 먹은 후 우리는 외처로 향했다.

"외처는 외성을 가진 이들과 봉신 가문의 이들 등이 머무는 곳입니다. 저 역시 언젠가 이곳에서 머무르게 되겠죠."

그 말에서 나는 당수빈 소저가 가주에 뜻이 없음을 알아차렸다.

"아직 소가주가 없지 않습니까?"

"그렇기는 하죠."

소가주가 없다는 건 아직 가주의 모든 자녀에게 기회가 있다는 의미이다.

당수빈 소저 역시 기회가 있다는 것.

일반적인 문사 가문이라면 모를까, 무림에 적을 두고 있는 가문은 가주가 남자건 여자건 상관없었다.

무공이 강하고 가문을 성세로 이끌 재목이 되면 가주가 되는 거다.

그것이 강한 자가 정의가 되는 무림의 법칙이자 생리이다.

그리고 내가 아는 당수빈 소저는 무척이나 뛰어난 인재이다.

사천당가의 홍옥이라는 명호는 아무에게나 주어지는 명호가 아니니까.

그녀는 고개를 저으며 말했다.

"하지만 저는 가주 자리에 별 생각이 없어요. 그래서 소가주가 정해지면 무림맹으로 갈 생각이에요."

"무림맹…… 말입니까?"

"네."

그녀는 고개를 끄덕였다.

"저는 사천당가 안에 얽매이고 싶지 않거든요. 좀 더 넓은 대해로 나가고 싶어요."

그리 말하는 그녀의 눈빛이 반짝였다.

하지만, 나는 무림맹으로 간 그녀가 어떤 최후를 맞이했는지를 알고 있다.

그렇기에 그녀의 꿈을 응원해 줄 수가 없었다.

"사실, 은공께서 이번에 조웅이를 구해 주신 것에 대해서 무척이나 감사하고 있어요."

당조웅은 가주의 막둥이다.

그러니까 당수빈 소저의 막냇동생인 것.

"가주님께도 말씀드렸지만, 인연이 되었기에 구할 수 있던 것입니다."

"그렇게 말씀하실 줄 알았어요."

그녀는 부드럽게 웃으며 말을 이었다.

"물론 조웅이를 구해 주신 것도 감사드리지만, 개인적으로도 감사드리고 있어요."

"네?"

"조웅이는, 사천당가의 큰 기둥이 될 재목이니까요."

그 말에서 나는 그녀가 누구를 가주로 지지하고 있는지 알아차릴 수 있었다.

그녀는 당조웅을 지지하고 있었다.

하지만 이전 삶에서 당조웅은 납치되었고, 그런 와중에서 가주는 당조웅을 찾기 위해 온 신경을 그쪽으로 쓸 수밖에 없었을 거다.

그러니 그를 대신하여 사천당가를 이끌 소가주를 정식으로 세워야 한다는 의견이 수면 위로 떠올랐을 거다.

하여 가주의 셋째 아들이 소가주가 되었다.

당조웅이 납치되지 않은 지금, 당수빈 소저는 당조웅이 소가주가 될 수 있다고 생각하는 건가?

나이가 무척 어린데?

그러고 보니 지난 삶에서도 당조웅은 젊은 나이에 고수로 이름을 날렸었지.

무공을 익히지 못한 공백이 길었음에도 그 정도라면, 대체 무재가 얼마나 뛰어난 거야?

나는 그녀를 보았다.

아까도 그렇고 곧 외처로 나와 살아야 한다는 것이 개의치 않아 보였다.

정말 개의치 않는 건가?

"좀 실례되는 질문입니다만, 소저께서는 괜찮으신 겁니까?"

"네? 뭐가요?"

"가주가 정해지면 나머지 형제와 자매들은 외성이 되어 내처를 떠나야 합니다. 어찌 보면 쫓겨나는 것이지 않습니까?"

나는 말을 이었다.

"저라면 좀 억울할 것 같아서요."

내 말에 그녀는 어깨를 으쓱했다.

"뭐, 어쩌겠어요. 그게 법도인 것을요. 그래서 일찌감치 가주 자리를 포기하고 제 쓸모를 증명하기 위해서 열심히 노력했어요."

"쓸모…… 요?"

"네."

그녀는 고개를 끄덕였다.

"저희 사천당가가 좀 많이 냉혹한 곳이라서요. 쓸모를 증명하지 못하면 그 어떤 목소리도 내지 못하죠."

"그렇군요."

"그러다 보니 제법 제 목소리가 커지더군요."

나는 그 말에 고개를 끄덕였다.

그리고 고개를 돌린 그때, 이필 무사의 얼굴이 보였다.

그 얼굴이 좀 복잡해 보였다.

외처 역시 커다란 대문을 통해 들어가야 했다. 이번에

도 특별 신분패를 제시하고 안으로 들어갔다.

하지만 경비를 담당한 무사들의 기세는 내처보다는 확실히 덜했다.

오전에 갔던 내처를 담당했던 무사들의 기세는 정말 서릿발 같았으니까.

"혹시 내처와 외처의 경비를 담당한 무사들은 그 소속이 다른 겁니까?"

내 물음에 당수빈 소저가 고개를 끄덕였다.

"네. 맞아요. 내처는 본가의 정예 중의 정예인 단화대(丹華隊)에서 전담하거든요."

단화대.

사천당가의 상징인 붉은 동백을 의미했다.

"단화대는 아무나 들어갈 수 없는 곳이에요. 직계의 추천은 물론이고 일정 이상의 실력과 인품까지 갖추어야 들어갈 수 있거든요."

"그렇군요. 그곳의 대주님은 누구십니까?"

"그곳은 제 숙부님께서 맡고 계세요. 아실는지 모르겠지만 적화편왕이라 불리는 분이세요."

"오! 당연히 압니다. 그분을 어찌 모르겠습니까?"

적화편왕(赤花鞭王) 당대정(唐大正).

채찍을 다루는 데 있어 타의 추종을 불허하는 자다.

채찍을 휘두를 때 적의 피가 비산하는 것이 마치 붉은 꽃이 흩날리는 것 같다고 하여 그런 명호로 불리었다.

현 가주인 당규정 가주를 지지하는 가장 든든한 기둥

중 하나이기도 하다.

하지만,

그는 곧 죽는다.

정확히는 당조웅을 찾은 후, 무림맹의 요청에 따라 흑도와 전투를 하던 중에 전사한다.

그의 전사 소식은 사천당가뿐만 아니라 무림에 큰 충격이었다.

생각해 보면 사천당가에서도 제법 괜찮은 분들이 많이 죽었구나.

아무리 사람의 생사는 모르는 것이라고 해도 솔직히 말이 안 된다.

아까 문득 떠올랐던 당수빈 소저의 죽음과 연관을 지어 보니, 당대정 대주의 죽음에도 분명 뭔가 더러운 수가 숨어 있었을 거라는 생각이 들었다.

어?

문득 하나의 사실이 뇌리를 스쳤다.

지난 삶에서 당조웅을 납치했던 자들이 무림맹의 사주를 받았다는 거다.

사실 모든 사건은 관련이 없어 보여도 자세히 들여다보면 거미줄처럼 얽히고설킨 법이다.

당조웅의 납치가 그 시작이라고 한다면 무림맹에서는 왜 하필 당조웅을 납치했을까?

나이가 어려서 납치하기 쉬워서?

무림맹이 은인이라고 각인시키기 쉬워서?

나는 아까 들었던 당수빈 소저의 말에서 그 단서를 찾을 수 있었다.

사천당가의 큰 기둥이 될 재목이라는 말.

유력한 가주 후보라는 거다.

그리고 당대정 대주라는 인물은 사천당가를 끔찍하게도 생각하는 자이다.

또한, 사리사욕에 눈이 멀지 않고 그 누구의 압박에도 굴하지 않고 공정한 판단을 하는 인물로 유명했다.

만약 그런 자가 당조웅을 가주의 재목이라 판단한다면 당조웅이 소가주가 되어 가주 자리를 이어받게 될 것은 자명했다.

설마…… 이건가?

'갑'이라는 자가 있다.

'갑'은 당조웅이 가주가 될 재목이라는 것을 알아차린다.

'갑'은 당조웅이 가주가 되는 것을 막아야 한다. 그 와중에 무림맹에서 접근한다.

'갑'은 무림맹의 도움을 받아 당조웅을 납치한다.

그리고 당조웅의 지지자가 될 당수빈과 당대정 대주를 제거한다.

그렇다면 여기서 '갑'은 누구일까?

나는 '갑'이 당조웅을 죽이지 않은 이유에 주목했다.

왜 죽이지 않고 납치하는 쪽을 택했을까?

죽이면 더 간단했을 문제인데?

여기서 '갑'이 당조웅의 형제라면, 이해가 된다.

가주가 되고 싶었지만, 차마 형제를 죽일 수는 없었던 거다.

혹은 자신이 가주가 된 이후라면 당조웅을 가문의 힘으로 쓸 수 있어서 살려 둔 것일 수도 있다.

그럼 당수빈 소저는?

당수빈 소저를 죽인 건 아마 실수였지 않을까?

아니면 '갑'은 살리고 싶었지만 무림맹에서 살려 둘 수 없는 이유가 있든지.

그랬던 이전 삶과 양상이 달라진 지금, 세상에 사천당 가의 독으로 추정되는 것들이 퍼져 가는 이 일의 범인은 가주의 자녀 중 하나라는 의미다.

아…….

너무 과한 추측인가?

나는 머리를 흔들어 상념을 털어 냈다.

문득 이필 무사를 보자, 그의 표정이 굳어져 있었다.

아까 내처에 갔을 때만 해도 저런 표정이 아니었는데?

아…….

나는 내 불찰을 깨달았다.

이필 무사의 아버지는 전대 가주의 동생이자 현 가주의 숙부이다.

그가 사천당가에 왔을 때 이미 방계였던 거다.

게다가 그 아버지가 밖에서 낳아 온 자식이니만큼 내처 안으로 들어갈 일은 거의 없었을 거다.

그러니 사천당가에 있었을 때 대부분 이곳 외처에서 지

냈을 것이다.

이 외처에서 구박을 받았고, 이 외처에서 괴롭힘을 당했다는 거지.

그러니까 이곳은 이필 무사에게 있어 괴로웠던 기억을 떠올리게 하는 장소라는 의미다.

나는 이필 무사에게 다가가 작게 속삭였다.

"제가 죄송합니다."

"네? 그게 무슨 말씀이십니까? 주군."

"제가 미처 그 마음을 헤아리지 못했습니다. 이 외처가 이필 무사님께 괴로운 장소라는 것을 미리 생각했어야 하는 건데……."

나는 말을 이었다.

"괴롭다면, 별당에 가 계셔도 됩니다."

내 말에 이필 무사가 고개를 저었다.

"아닙니다. 솔직히 곳곳을 볼 때마다 괴롭긴 하지만 언젠가 한 번쯤은 꼭 와 보고 싶었습니다. 그래서 주군께 감사하고 있습니다."

"그렇다면 다행이긴 합니다만……."

"괘념치 않으셔도 됩니다. 정 힘들면 그때 말씀드리겠습니다."

"네. 꼭 그래 주세요."

그렇게 외처를 살피던 도중, 앞에서 한 무리의 이들이 다가왔다.

중년의 여자와 시중드는 이들인 듯했다.

그녀가 입은 옷을 보니 제법 지체가 있어 보였다.

그런데,

그녀를 보자마자 이필 무사의 얼굴은 더 딱딱하게 굳었다.

그걸 보고 그녀가 누군지 알아차렸다.

그래도 혹시 모르니 확인해 봐야겠지.

"당 소저, 저분은 누구십니까?"

"제 막내 숙부님의 첫째 숙모님이세요. 현재 숙부님께서는 무림맹에 파견을 나가 계시지만 숙모님들은 이곳에 계시거든요."

"그러시군요."

곧 그녀와 가까워졌고, 당수빈 소저가 먼저 고개를 숙여 인사했다.

내성과 외성이라고 해도 첫째 숙모라는 여자가 손윗사람인 건 분명했으니까.

"안녕하세요. 숙모님."

"조카님이시군요. 그런데 옆의 분들은?"

"저희 가문의 은공이신 은서호 소협과 그 호위무사 분들입니다."

"그러…… 시군요."

그녀는 미소 지었다. 그리고 시선을 돌려 이필 무사를 보았다. 그 미소가 미묘했다.

.
.
.

외처까지 둘러본 후 마지막으로 사무장이라는 곳으로 향했다.

"사실, 볼거리는 이쪽이 많죠."

그건 나도 동의하는 바이다.

세상에 사천당가의 독이 퍼지는 일이다.

즉, 누군가 사천당가의 독을 유출했음이 밝혀지게 될 것은 자명한 일.

범인은 자신의 소행을 다른 사람의 소행으로 뒤집어씌워야 했고, 그게 가장 쉬운 장소는 바로 가장 많은 이들이 오가는 사무장이다.

내처는 거주하는 이들이 제한적이다 보니 범인이 누군지 뻔히 알 수 있는 곳이다.

외처에서는 별다른 증거라고 할 수 있는 것들을 발견할 수 없었다.

형문파의 돌림병이라든지, 진호 형의 소단주 공표식을 망치려고 했던 산공독 등에 대한 정보를 무림맹에 넘긴 자는 그에 대한 증거를 높은 확률로 사무장이라는 곳에 보관했을 터.

제발 그곳에서 발견되어야 할 텐데?

안 그러면 개고생 확정인데.

둥 둥 둥 둥…….

그때 저 멀리서 북소리가 들렸다.

"마침 신시(申時:15~17시)네요. 지금 연무장으로 가면 재밌는 구경을 할 수 있을 거예요."

"혹시, 무사들의 훈련 시간입니까?"

내 물음에 그녀가 고개를 끄덕였다.

"맞아요. 정기 훈련 시간이고 오늘은 마침 단화대의 훈련 날이니까요."

그녀의 말에 네 명의 호위들의 눈이 기대감으로 반짝이고 있었다.

솔직히 나도 단화대의 실력이 궁금했다.

"저희가 참관해도 되겠습니까?"

"물론이죠. 저를 따라오세요."

우리는 사무장 안으로 들어갔다.

사무장은 높은 담으로 둘러쳐져 있었고, 그 안에 건물들이 질서 정연하게 자리 잡고 있었다.

그 모습은 마치 바둑판을 연상하게 했다.

"혹시, 뭔가 사고가 터졌을 때 일정 구역을 재빨리 격리하기 위함입니까?"

"네. 맞아요."

당수빈 소저가 고개를 끄덕였다.

"아주 오래전 벌어진 사고로 인명 피해가 컸거든요. 그래서 싹 밀어 버리고 다시 지었다고 들었어요."

우선 우리는 사무장 남쪽에 있는 연무장에 당도했다.

연무장 안으로 들어간 나는 깜짝 놀랐다.

생각보다 무척이나 넓었기 때문이다.

연무장이 넓은 이유는, 뭔가 행사가 있을 때 사천당가의 사람들이 모두 여기에 모인다는 의미겠지.

연무장을 빙 둘러서 앉을 수 있도록 거의 서른 단 정도가 쌓여 있었다.

제법 많은 이들이 곳곳에 앉아서 연무장을 내려다보고 있었다.

우리도 적당한 곳에 자리 잡고 앉았다.

그때 한 무리의 무사들이 연무장에 들어왔고, 훈련을 시작했다.

"하앗—!"

"핫—!"

그 기세는 무척이나 엄정하면서도 서릿발처럼 매서웠다. 내처에 갔을 때 봤던 무사의 기세는 내가 잘못 본 것이 아니었다.

저들을 저렇게 육성한 건 당대정 대주가 분명하다.

그런 그의 죽음은 사천당가에 있어 무척이나 큰 슬픔이자 손해였을 터.

"이런 훈련이 매번 있습니까?"

내 물음에 당수빈 소저가 대답했다.

"삼 일에 한 번, 각 무력대가 공개훈련을 해요. 오늘은 단화대 차례이고요."

"그렇군요."

나는 공개훈련의 목적이 뭔지 알 것 같았다.

무력대끼리의 결속과 사천당가라는 가문에 대한 자부심을 북돋아 주기 위해서일 거다.

그리고 저 단화대의 실력은 저게 전부가 아닐 터다.

무사들에게는 남에게 보여 주는 실력과 보여 주지 않아야 하는 실력이라는 것이 있기 마련이니까.

나 역시 마찬가지이고.

그때 내 눈에 저 앞에 앉아 있는 누군가가 보였다.

누구지?

그때 내 시선을 알아차렸는지 당수빈 소저가 말했다.

"셋째 오라버니네요."

아…….

지난 삶에서 소가주가 되었던 자다.

내가 죽기 전에 아직 가주가 바뀌었다는 말을 듣지 못했었으니까.

그리고 이번 일의 가장 유력한 범인 후보다.

.

.

.

"일동! 해산!"

단화대 무사들 앞에서 당대정 대주가 외쳤다.

그들은 "해산!"을 복창했고 그렇게 단화대 무사들의 훈련이 끝났다.

짝짝짝!

나는 그들에게 격려의 박수를 보냈다.

"정말 대단했습니다."

"그렇죠?"

당수빈 소저의 말에서도 저들에 대한 자랑스러움을 느

낄 수 있었다.

그런데,

"어? 당대정 대주께서 왜?"

당대정 대주가 우리가 있는 곳으로 다가오고 있었다.

사적으로 숙부이긴 하지만, 평소에는 공적인 호칭으로 부르는 모양이다.

그런데 여기는 왜 오시는 거지?

지금 나를 보시는 거…… 맞네.

당수빈 소저가 얼른 포권했다.

"단화대주님을 뵙습니다."

그녀를 따라 우리도 포권하여 인사를 했다.

"은해상단주의 셋째 은서호가 단화대주님을 뵙습니다."

네 명의 호위들도 나를 따라 인사를 했고, 당대정 대주도 마주 포권했다.

"단화대주 당대정이네. 만나서 반갑군."

"위명이 자자한 적화편왕을 뵙게 되어 영광입니다."

"영광이랄 것까지야 있나."

"아닙니다."

나는 얼른 말을 이었다.

"조금 전의 훈련은, 개안한 기분이었습니다."

"하하하, 그리 말해 주니 기분은 좋군."

당대정 대주는 호탕하게 웃었다.

"그나저나 자네에 대해서 가주께 이야기 들었네. 조웅이를 구해 준 가문의 은공이라지?"

"우연히 인연이 닿았을 뿐입니다."

"인연이 닿았어도 누군가를 구한다는 건 용기가 필요한 일이지."

그리 말한 당대정은 말을 이었다.

"본가를 견학 중이었나?"

"네. 제 욕심에 무리한 청을 드려 이리 견학 중입니다."

"여기까지 왔다는 건 내처와 외처를 모두 둘러봤다는 의미겠지. 소감이 어떤가?"

"마치, 눈 속에서 피어나는 동백과 같다고 느꼈습니다."

"그런가?"

당대정 대주는 내 대답에 흡족한 표정을 지었다.

"그리 둘이 서 있으니, 잘 어울리는군."

그 말에 당수빈 소저의 얼굴이 빨개졌다.

"하하하."

나는 웃으며 생각했다.

여길 빨리 벗어나야겠다고.

그때 당수빈 소저가 말했다.

"죄송하지만, 아직 견학해야 할 곳이 많이 남아 있어서 이만 물러나야 할 듯합니다."

"아! 내가 주책맞게 너무 오래 잡고 있었군. 그래, 어서 가 보게."

"그럼 이만 물러가겠습니다."

* * *

당대정은 멀어지는 은서호와 당수빈의 뒷모습을 보며
흐뭇한 미소를 지었다.

'제법 잘 어울리는데 말이지.'

그리고 남자의 얼굴을 밝히는 당수빈을 꽉 잡아 놓을
정도의 미남이기도 했다.

'열여덟 살이라고 했나? 저 나이에 이미 절정이라니……..'

당대정은 은서호를 보자마자 이미 그의 경지에 대해서
알아차릴 수 있었다.

무가가 아닌 상인 집안과 연을 맺게 되는 것이지만 상
관없었다.

'저런 인재가 사천당가의 식구가 된다면 든든할 텐데
말이지.'

사실 그가 은서호에게 관심을 보인 것은 당수빈 때문이
었다.

당수빈은 어릴 때부터 독공을 위해 키워졌다.

그 말은 어릴 때부터 독을 섭취하여 내성을 키워 왔다
는 의미다.

내성이 있다는 말은, 독기를 몸 안에 지니고 있다는 말
과 진배없다.

특히 독공을 주력으로 수련했기에, 그녀는 더 강한 독
기를 지니고 있었다.

물론 그녀 자신도 독기를 잘 갈무리하고 있었고, 저들은 독기를 막아 주는 특별 신분패라는 기물을 패용하고 있었다.

　하지만 가까이 접촉했을 때에는 그 영향을 받지 않을 수가 없었다.

　지금 당수빈이 그걸 인지하지 못하고 있는 건, 평소 그녀에게 가까이 다가오는 자들은 어느 정도 독에 내성이 있는 이들뿐이었기 때문이다.

　즉, 외부인을 맞이한 건 이번이 처음이라는 것.

　그런데 은서호에게서는 독에 영향을 받은 모습을 전혀 찾아볼 수 없었다.

　하다못해 두통도 호소하지 않았다.

　그러니 신기할 따름이다.

　'설마 내 생각보다 더 높은 경지란 말인가?'

　가주는 분명 이걸 예상하고 은서호 일행의 안내를 당수빈에게 맡긴 것이 분명했다.

　'대체 무슨 꿍꿍이신 겁니까?'

　본격적으로 독공을 익히면서 혼인을 포기한 당수빈이다.

　그런데 그녀의 독에 영향을 받지 않는 남자가 나타났다.

　'수빈이의 짝이 되어 준다면 좋을 텐데 말이지.'

　아까 당대정이 말했던 잘 어울린다는 말은 결코 빈말이 아니었다.

* * *

당수빈 소저는 어색하게 웃었다.

"사실 단화대주님께 별호가 하나 있어요. 월하 옹이라 고요."

"월하 옹이라면 설마 월하노인을 말하는 겁니까?"

"네."

그녀는 고개를 끄덕였다.

"중매 서는 것을 일종의 사명처럼 생각하시는 분이거 든요."

"그러시군요."

"아무튼, 이제 본격적으로 사무장을 돌아보죠."

우리는 곳곳을 둘러보기 시작했고, 사천당가가 무지막 지하게 넓다는 것을 다시 한번 깨달았다.

그렇게 사무장을 돌아다니던 중.

"……!"

나는 발을 멈추었다.

어디선가 익숙한 기운이 느껴졌다.

형문파에서의 그 돌림병에서 느껴졌던 그 기운이다.

여기다.

나는 당수빈 소저에게 물었다.

"이곳은 어딥니까?"

"여기는 지생당이에요. 독물을 연구하는 곳이죠."

"혹시 여기서 일하는 가주님의 자제분들이 있습니까?"

"네."

당수빈이 고개를 끄덕였다.

"첫째 오라버니께서 이곳에서 근무하세요."

그 말에 순간 당혹스러웠다.

가주의 첫째 아들이 근무하는 곳이라고?

셋째 아들이 아니라?

이러면 내 가설이 달라지는데?

하지만 아직 속단하긴 이르다.

"저곳을 견학해도 되겠습니까?"

"뭐, 안될 건 없지만 조심하셔야 해요. 독물에 물린다면 큰일 날 테니까요."

그 말에 나는 고개를 돌려 팔갑과 네 호위를 보았다.

괜히 내 일 때문에 저들을 위험하게 할 수는 없는 일이다.

"그럼 저만 들어가겠습니다."

"그건 안 됩니다."

"저희는 호위로서 주군을 지켜야 할 의무가 있습니다."

그들의 말에 나는 고개를 끄덕였다.

"압니다. 그래서 이러는 겁니다."

"네?"

나는 그들에게 다가가 작게 속삭였다.

"모두에게 일이 생긴다면, 저는 누가 구해 줍니까?"

"아……."

모두 납득한 듯 물러났다.

나는 고개를 돌려 당수빈 소저에게 말했다.

"가죠."

"이쪽이 입구예요."

그녀의 안내에 따라 지생당 안으로 들어갔다.

안에는 작은 구멍이 뚫린 상자들이 가득했다.

상자에는 뭔가가 적힌 종이가 붙어 있었는데, 전갈, 뱀, 지네 같은 것들인 듯했다.

"여기서 볼 만한 건, 저거네요."

창살이 촘촘한 우리 안에 뭔가 꿈틀거리고 있었다.

검은색 뱀이다.

그런데 그 뱀의 머리에 뿔이 나 있었다.

설마 이거…….

독각사?

그때 당수빈 소저가 말했다.

"멋지죠?"

"아…… 네."

저 독각사를 보고 멋지다니…….

문제는 형문파에 돌았던 돌림병에서 느꼈던 기운이 지금 저 독각사의 우리에서 느껴지고 있다는 거다.

그 말은 누군가 독각사의 우리에 증거가 될 만한 것을 숨겨 놨다는 건데…….

"혹시 저 안에 들어갈 수 있습니까?"

당수빈 소저는 어렵다는 듯 고개를 저었다.

"저 아이가 제법 난폭해서요. 큰 오라버니나 조련사 영
감이 아니면 힘들어요."

그 말인즉슨, 가주의 첫째 아들이나 조련사가 저 안에
증거가 될 만한 것을 숨겼다는 의미다.

아니면 그들에게 죄를 뒤집어씌우려든지.

그렇다면 저곳에 증거가 될 만한 것을 숨긴 자 역시 저
안에 들어갈 수 있다는 건가?

아니면 저 안에 들어갈 수 있는 자를 매수했을 수도 있
다.

내가 알기로 이전 삶에서 현 가주의 장남은 유폐되었
다.

그건 자신이 세운 계략이 들켰든지, 아니면 누명을 썼
든지 둘 중 하나일 터.

머리가 지끈지끈 아파져 오기 시작했다.

우선 확인해야 하는 것은 저 안에 있는 것이 형문파의
돌림병과 연관이 있는지이다.

어떻게든 내부에 들어가 봐야 하는데…….

문제는 저 안에 있는 것이 그냥 뱀도 아니고 극독을 가
진 독각사라는 거다.

그런데, 이상하다.

왜 이곳에 형문파의 돌림병에서 느껴졌던 기운밖에 느
껴지지 않지?

진호 형의 소단주 임명식을 망칠 뻔했던 산공독에서 느
껴졌던 기운이 느껴지지 않았다.

설마?

나는 당수빈 소저에게 말했다.

"아까 뵈었던 셋째 공자님께서는 무슨 일을 담당하고 계십니까?"

"셋째 오라버니께서는 호보대(虎步隊)의 부대주로 계세요."

"호보대라면, 또 다른 무력대입니까?"

"본가의 타격대예요."

"그렇군요."

이름이 왜 호랑이 걸음인가 했더니 타격대라니, 제법 어울리는 이름이군.

"그곳에 잠시 가 보고 싶습니다만."

"……안내해 드리죠."

특이하게도 무력대는 각각 멀리 떨어져 있었다. 그러니까 동쪽 끝, 서쪽 끝 이런 식으로 말이다.

"무력대에는 무공에 미친 사람들이 많다 보니, 서로 시비가 붙으면 조용히 끝나지 않는 경우가 제법 많아요. 그래서 가문의 경계도 할 겸 멀리 떨어트려 놨어요."

"나름 현명한 방법입니다."

그리고 서쪽 끝에 있는 호보대에 당도한 나는 순간 역겨움을 느꼈다.

이 역겨움은 흑도의 것이다.

사천당가에 흑도라니!

말도 안 되는 일인데…….

아니, 말이 안 되는 일은 아니다.

제갈세가에서도 제갈경이라는 자에게서 흑도의 기운을 느꼈었으니까.

이곳에도 그와 같은 이가 있다는 뜻이다.

그때 우리가 호보대에 들어왔음을 알렸는지 아까 봤던 가주의 셋째 아들이 나왔다.

"어서 오십시오. 은공을 환영합니다."

"아, 환대에 감사드립니다."

"이곳 호보대의 부대주 당연칠이라고 합니다."

"은서호입니다."

내 소개에 뒤에 서 있던 호위들도 각자의 이름을 말하며 소개를 했다.

"견학 중이라고 들었습니다."

"네. 그렇습니다."

"그렇다면 그 기대에 부응해야겠군요. 하하하. 이쪽으로 오십시오. 특별히 연무장을 보여 드리지요."

"배려에 감사드립니다."

당연칠 부대주는 당수빈 소저에게 말했다.

"그런데 넌 이 오라비를 보고도 아는 척 안 하는 거냐?"

"굳이 할 필요는 없는 것 같아서요."

"뭐, 그래."

뭐지? 이 두 사람은 남매인데도 서로 사이가 좋지 않은 건가?

"이쪽으로 오시죠."

"네."

나는 고개를 끄덕였다.

제갈경보다 더 역겹게 느껴졌지만, 애써 미소를 유지했다.

절정에 오르지 못했으면 역겨움을 못 이겨 토했을지도 모른다.

그렇게 연무장을 둘러보았지만 산공독에 대한 증거를 발견할 수 없었다.

허탕인가?

하지만 당가의 흑막이 셋째 아들인 당연칠 부대주라는 추측은 맞는 듯했다.

그게 아니라면 이렇게 역겨울 리가 없다.

지생당 독각사의 우리에 형문파 돌림병의 증거를 숨겨 놓은 건 장남을 몰아내기 위함이군.

문제는 이자가 흑막이라는 증거가 없다.

내가 역겨움을 느끼는 것은 객관적인 증거가 될 수 없으니까.

그리고 사천당가의 비전이 담긴 돌림병을 유발하는 독이라든지, 산공독 같은 것을 만들고 유출하기 위해서는 그런 것과 관련된 곳에 몸담고 있어야 말이 되었다.

하지만 당연칠이 몸담은 곳은 무력대인 호보대다.

게다가 상대는 당가의 직계 혈족, 확실한 증거가 없다면 내가 역으로 범인으로 몰릴 수 있다.

잠깐.

그런 것을 만드는 단체라고?

호보대에서 나온 나는 당수빈 소저에게 물었다.

"둘째 오라버니께서는 어떤 일을 담당하고 계십니까?"

"독화당의 부당주로 계세요. 그리고 저 역시 그곳에 몸담고 있죠."

다음 행선지가 정해졌다.

나는 당수빈 소저에게 말했다.

"이번에는 소저가 일하시는 곳을 보고 싶습니다."

내 말에 그녀는 눈에 띄게 기뻐하며 말했다.

"드디어 제 차례네요! 이쪽이에요."

독화당(毒華堂).

그곳은 독을 개발하고 연구하는 곳으로, 크게 용독과 연구로 나누어져 있다고 했다.

"둘째 오라버니는 연구 쪽이고, 저는 용독 쪽이에요."

나는 회심의 미소를 지었다.

이번에는 허탕이 아니다.

독화당에 가까워지면서 진호 형의 소단주 공표식을 망칠 뻔했던 산공독의 기운이 점점 강하게 느껴졌다.

우리는 독화당 안으로 들어갔고, 그녀는 신이 나서 독화당의 곳곳을 안내해 줬다.

덕분에 알게 되었다.

산공독에 대한 증거가 독화당의 연구사 쪽에 있다는 것을 말이다.

·
·
·

　견학을 마치자 어느새 저녁이었다.

　"오늘 무척 유익한 시간이었습니다. 가주님께 감사 인사를 전해 주십시오."

　"네. 그럴게요."

　"그런데 소저의 형제분들은 몇 명이나 되십니까?"

　"일곱 명이에요. 제 위로 셋, 아래로 셋이죠."

　"막내가 조웅이군요."

　"맞아요. 저와 같은 어머니를 둔 동생이에요."

　동복동생이라서 그렇게 애틋한 건가?

　"그래서 더 각별하긴 하지만 그래도 조웅이의 재능은 진짜예요."

　그리 말하는 그녀의 눈은 반짝였다.

　"소저가 그렇게까지 말한다니! 조웅이의 미래가 기대되는군요."

　나는 대수롭지 않은 척 계속 물었다.

　"세 오라버니는 소저를 잘 대해 줍니까?"

　"네. 잘 대해 주세요. 연구에 매진하느라 가족들에게 좀 소홀하긴 하지만 그 정도는 이해해야죠."

　"이런 말씀을 드리면 좀 실례일 수 있겠지만, 아까 호보대에 갔을 때 소저께서는 뭔가 꺼리는 듯 보였습니다."

　대화를 들어 봤을 땐 별다른 바 없는 평범한 남매의 대화다.

하지만 그녀의 눈빛은, 분명히 뭔가 꺼림칙하다는 눈빛이었다.

"그게 사실은요……."

그녀는 자신의 팔을 쓰다듬으며 말을 이었다.

"초면에 이런 말을 해도 되나 모르겠지만, 언젠가부터 셋째 오라버니를 볼 때면 뭔가 기분이 좋지 않아서요."

"그렇군요."

나는 미소를 감추고 포권했다.

"이런 질문을 드려서 죄송합니다."

"아니에요."

그 외에도 몇 가지 질문을 하는 사이, 우리는 내가 머물고 있는 별채에 도착했다.

"여기까지 바래다주셔서 감사합니다. 그럼 살펴 들어가십시오."

당수빈은 뭔가 더 하고 싶은 말이 있는 듯한 표정이었다.

그러나 머뭇거리기만 할 뿐, 결국 더 입을 열지 못하고 돌아갔다.

나는 저녁을 먹고 잠시 생각에 잠겼다.

가주의 첫째 아들이 근무하는 곳과 둘째 아들이 근무하는 곳에 형문파의 돌림병과 은해상단에서 쓰였던 산공독과 관련된 무언가가 숨겨져 있는 상황이다.

만약 셋째 아들이 이 사실을 터트린다면, 첫째 아들과

둘째 아들은 그대로 가주 후보에서 탈락하는 거다.

우선, 그것들이 정확히 뭔지 두 눈으로 확인해야 했다.

·

·

·

그날 밤.

모두가 깊이 잠들었을 시각.

나는 허매경으로 침상에 내 허상을 만들어 놓았다. 그리고 살금살금 나왔다.

이번 일은 다른 이들에게 알릴 수 없다.

재빨리, 비밀리에 움직여야 했기 때문이다.

나는 주변을 꼼꼼하게 살폈다. 혹시라도 팔갑이 불쑥 튀어나올 수도 있으니까.

없군.

나는 즉시 몸을 움직였다.

지금 내가 사용하는 무공은 사부님이 알려 주신 보법인 무흔보법이다.

발소리가 나지 않는 보법으로, 절정에 든 지금 발을 디딘 흔적조차 남지 않는다.

내가 향한 곳은 사무장의 지생당이다.

그곳 독각사의 우리에 숨겨져 있던 증거를 확인해야 했으니까.

곧 나는 지생당에 들어왔다.

"밤에요? 그때도 당직을 맡은 이들이 있어요. 한두 명 정도? 시간이 되면 한 바퀴 둘러보고 그러는 거죠."

나는 당수빈 소저의 말을 떠올렸고, 잠시 지붕 아래에 매달려 기다렸다.

지붕에 매달리는 것은 제법 힘든 일이지만, 그동안 빼놓지 않고 체력 단련을 했던 것이 도움이 되었다.

그렇게 한 식경 정도 매달려 있을 때 밝은 빛이 확 비추었다.

작은 야명주를 매단 지팡이 같은 것을 들고 두 명의 남자가 다가온 것.

혹시라도 이곳의 독물들을 자극할 수 있기에 횃불이 아닌 야명주를 들고 한 바퀴 둘러본다고 했다.

그 비싼 야명주를 이런 곳에 쓰다니.

그렇게 한 바퀴 둘러본 그들은 건물 안으로 들어갔는지 문 닫히는 소리가 들렸다.

이제 한 시진 정도는 나오지 않을 거다.

나는 조용히 내려와 독각사의 우리로 다가갔다.

독각사는 깨어 있었다.

그 몸통은 내 몸통보다 두꺼워 보였다.

나는 한 입 거리밖에 안 될 것 같네.

나를 향해 쉭쉭거리는 독각사를 보며 나는 준비해 온 수면제를 꺼내기 위해 소매 안에 손을 넣었다.

언제 무슨 일이 있을지 알 수 없기에 수면제 정도는 가지고 다니기 때문이다.

하지만 나와 독각사의 눈이 마주친 순간.

독각사의 꼬리가 부르르 떨렸다. 그리고 구석으로 꼬리를 말고 도망가 버렸다.

뭐, 뭐지?

왜 나를 보고 도망가?

당황스럽네.

아무튼, 이러면 수면제를 쓸 필요는 없겠지. 나는 우리를 잠가 놓았던 자물쇠를 따기 위해 바늘을 들었다.

지난 삶에서 배웠던 기술이다.

제법 유용하게 썼었지.

찰칵.

자물쇠가 열렸다.

나는 조심스레 안으로 들어갔고, 그 안을 샅샅이 뒤져 보았다.

바닥에 수북하게 쌓인 건초더미 안에 보따리 하나가 숨겨져 있었다.

만져 보니 서책이다.

그것을 챙겨 내 주머니 안에 넣으려고 할 때 갑자기 재밌는 생각이 났다.

마침, 내 주머니에 있는 그걸 이렇게 써먹네.

．

．

．

독화당까지 들렀을 때 이미 시간은 많이 지나가 있었다.

다시 내가 머무르는 별당에 돌아왔고 허매경으로 만들어 놨던 내 허상을 없앴다.

"야유는 즐거우셨습니까요?"

"헉!"

뒤에서 들린 팔갑의 목소리에 나는 기겁했다.

황급히 뒤를 돌아보자, 팔갑이 나를 바라보고 있었다.

나는 태연한 척 물었다.

"왜 안 자고 있어?"

"도련님이 외출하셨는데 제가 어찌 잡니까요?"

"……."

"삐졌어?"

"제가 왜 삐집니까요?"

확실하다. 삐졌다.

"내가 위험하게 혼자 밖으로 나가서 그런 거지?"

"후……."

팔갑이 한숨을 내쉬었다.

"솔직히 저는 도련님께서 혼자 나가셔도 이제 걱정하지 않기로 했습니다요. 도련님의 무공도 강하고 금령이 자식도 있으니까요."

"……."

"그러니까 나가면 나간다고 언질 좀 해 주시면 아니 되겠습니까요? 그래야 무슨 일이 생겼을 때 제가 조치를 취할 것 아닙니까요?"

"어……."

맞는 말이라서 할 말이 없었다.

나는 순순히 사과했다.

"미안해. 다음부터는 말하고 나갈게."

"알겠습니다요."

"그러니까 밖에 나가서 망 좀 봐."

"네?"

"확인해야 할 게 있거든."

그래도 팔갑아, 나는 네가 모시는 사람이란다.

잠시 후,

나는 내 주머니에서 지생당과 독화당에서 찾았던 것을 꺼내 놓았다.

두 권의 서책.

나는 그 서책을 펼쳐 꼼꼼하게 읽기 시작했다.

"어?"

서책의 내용은 그야말로 경악스러웠다.

이건 어떻게 형문파에 돌림병을 일으킨 독을 만들고 또 산공독을 만들었는지에 대한 연구 자료다.

이거라면 빼도 박도 못하고 그대로 범인으로 몰릴 터.

그리고 나는 두 권의 서책으로 흑막이 셋째 아들이라는 것을 확신했다.

서책에는 희미하지만 분명한, 사기가 묻어 있었기 때문이다.

셋째 아들에게서 느꼈던 사기다.

하지만 호보대에서는 여기에 대한 증거를 찾지 못했는데?

아무리 무림맹에서 이 일을 주도했다고 해도, 만결의선도 그 두 개의 독이 사천당가의 것이라고 했으니만큼 분명 어딘가에 그것들을 연구하고 만들어 낸 곳이 있다는 의미다.

그곳은 분명 자신의 눈이 닿는 곳에 있을 거다.

'어딘가에 비밀 공간이 숨어 있다는 의미인데?'

나는 서책들을 갈무리해서 주머니 안에 넣었다.

.

.

.

날이 밝았다.

운기조식을 하고 수련을 하고 아침을 먹었다.

별다른 것 없는 오전이다.

"도련님."

팔갑이 나에게 다가와 말했다.

"당수빈 소저께서 찾아오셨습니다요."

"아, 그래?"

별채에는 따로 접빈실이 있었고, 당수빈 소저는 그곳에서 나를 기다리고 있었다.

"좋은 아침입니다."

"네. 은공."

은공이라는 말은 언제 들어도 부끄럽네.

"아버지의 말씀을 전해 드리려고요. 아버지께서 오늘 조웅이와 함께 시간을 보내 달라고 하셨어요."

"조웅이와 말입니까?"

"네."

당수빈 소저가 고개를 끄덕였다.

"어제 아버지께서 조웅이에게 약속하셨거든요. 정해진 과제를 다 하면 은공과 함께 시간을 보낼 수 있게 해 주겠다고요. 그런데 어제 그 과제를 다 했더라고요."

그 과제가 뭔지 모르지만, 당수빈 소저가 뿌듯해하는 것을 보면 쉬운 과제는 아니었을 거다.

"마침 저도 조웅이와 함께 시간을 보낼까 했습니다."

그렇다면 조웅이의 그 마음에 부응해 줘야겠지.

나는 흔쾌히 승낙했다.

"그리 말씀해 주시니 감사하네요."

그때였다.

"아가씨! 큰일 났습니다!"

밖에서 들리는 다급한 목소리.

그리고 벌컥 문이 열렸다.

문을 연 자는 당수빈 소저의 시녀다.

그녀의 표정만 봐도 다급함이 느껴질 정도였다.

당수빈 소저도 긴장한 얼굴로 물었다.

"무슨 일이죠?"

"지금 징벌회가 열린다고 합니다."

．
．
．

우리는 징벌회가 열리는 곳으로 가고 있었다.

징벌회.

그건 사천당가의 내규에 의해 징벌해야 할 자가 있을 때 열린다.

그 자리에서 죄를 저지른 자의 항변을 듣고 그에 적합한 벌을 내리는 것이다.

첫째 공자와 둘째 공자에 대한 징벌회라는 것에 당수빈 소저는 무척이나 당혹스러워했다.

당혹스러운 건 나 역시 마찬가지다.

사천당가의 독이 외부에 퍼짐으로 인해 사천당가가 세간의 지탄을 받고 흑도로 몰리기 위해서는 아직 부족했다.

형문파의 돌림병을 일으킨 독이나 진호 형의 소단주 공표식을 망칠 뻔했던 산공독 같은 것이 한두 개 더 있어야 한다고 생각했다.

그런데 이렇게 빨리 터트린다고?

음…….

그런데 생각해 보니 두 개 모두 외부에 퍼지면 진짜 위험한 것들이네.

형문파의 돌림병은 만결의선과 내가 제공한 영약들 덕분에 그 정도에서 그친 것이지, 더 확산됐으면 전 무림이

난리가 났을 거다.

산공독 역시 마찬가지다.

그러고 보니 두 개 모두 민간인들에게는 별 피해가 없지만, 무림인들에게 엄청난 공포를 주는 것들이군.

이 정도면 뭐, 충분하긴 하겠네.

사실 백도니 흑도니 하는 건 무림인들 사이에서나 따지는 것이다.

민간인들에게 흑도든 백도든 모두 무기를 지닌 위험한 존재들이니까.

"저, 당 소저."

"네. 은공."

"그런데 징벌회라는 건 가문의 일이 아닙니까? 외부인인 제가 그곳에 가도 되는 겁니까?"

"그거라면 괜찮아요. 특별 신분패를 지니고 계시잖아요. 그게 있으면 동백회에서 만장일치로 제한하지 않는 한 참석이 가능해요."

"동백회는 뭡니까?"

"사천당가의 중요한 일을 결정하는 회의로, 태상가주님과 가주님을 비롯하여 각 대와 당의 머리가 되시는 분들이 모여 의사결정을 하는 곳이에요."

그러니까 은해상단의 은월회와 같은 곳이군.

그 순간, 나는 당연칠 부대주가 왜 이렇게 다급하게 일을 터트렸는지 알 것 같았다.

바로 '나'라는 존재 때문이다.

나는 외부인이다.

하지만 황제의 신임을 얻고 있으며, 급격히 발전 중인 은해상단의 소단주이며 가문의 은공 대접을 받고 있다.

그런 내가 보고 있는데 이런 엄청난 일을 묻어 버리는 일이 가능할까?

그러니 사천당가에서는 어쩔 수 없이 죄를 저지른 자에게 합당한 벌을 내려야 한다는 의미다.

그게 '중벌'이라고 할지라도.

내가 내일이나 내일모레 떠난다고 했으니 다급했겠지.

당연칠 부대주는 완벽하게 첫째 공자와 둘째 공자를 소가주 후보에서 끌어내리려는 거다.

곧 우리는 징벌회가 열리는 곳에 당도했다.

그곳은 사무장 남쪽의 연무장이다.

어제 단화대의 공개 훈련을 봤던 장소이기도 했다.

지금 그곳에 수많은 이들이 자리 잡고 앉아 있었고, 다른 이들도 속속들이 도착하고 있었다.

"이쪽이에요."

당수빈 소저는 나를 앞쪽으로 이끌었고, 덕분에 가까이에서 징벌회를 지켜볼 수 있었다.

연무장 가운데 탁자와 의자가 놓였고, 그곳에는 열두 명의 이들이 자리하고 있었다.

가주님과 당대정 단화대주도 있었다.

뭔가 의문이 들었다.

"그런데 태상가주님께서는 왜 아니 계십니까?"

"조부님께서는 지금 외유 중이세요. 그런데 도통 어디에서 무엇을 하시는지……."

그때 탁자를 두들기는 소리가 들렸다.

탕탕탕!

모두 주목하라는 의미.

나는 앞을 바라보았다. 가주 당규정이 모두를 향해 말하고 있었다.

"오늘 아침, 징벌회 요구가 있었다. 징벌회는 당씨 성을 가진 자라면 누구나 요구할 수 있는 것. 하여 이렇게 징벌회를 여는 바이다."

"……."

"징벌회를 요구한 자는 앞으로 나오라."

그 말에 웅성거리는 소리가 들리더니, 누군가 앞으로 나왔다.

나는 처음 보는 사람이었다.

"제가 징벌회를 요구하였습니다."

"소속과 이름을 밝혀라."

"제 이름은 당인. 호보대 소속 이 조장입니다."

그 말에 가주님은 손에 든 종이를 보며 고개를 끄덕였다. 저 서류는 징벌회를 요구한 서류인 듯했다.

"저는 이 자리에서 일공자인 당구복 지생당 부당주를 고발하는 바입니다."

그 말에 사람들은 깜짝 놀라 웅성거렸고, 마치 벌떼가

윙윙거리는 것처럼 좌중이 시끄러워졌다.

탕탕탕!

"모두 조용히 하라!"

그 말에 좌중은 다시 조용해졌다.

"당인 조장은 발언을 계속하라."

"네."

"그리고 추가로 이공자인 당진수 독화당주도 고발합니다."

나는 첫째 공자와 둘째 공자를 보았다.

그들은 무척이나 당황한 표정이다.

그도 그럴 것이 자신들이 대체 왜 징벌회의 고발 대상이 되었는지 알 수 없었기 때문이다.

징벌회의 고발 내용은 현장에서 밝히는 것인가?

증거를 없앨 여유를 주지 않기 위해서이겠지.

당연칠을 흘깃 바라보았다. 당혹스러움을 가장하고 있지만, 상계에서 구르던 내가 그걸 구분하지 못할 리 없다.

분명하다.

자신을 대신하여 다른 자를 전면에 내세운 거다.

제아무리 중대한 범죄라 해도 직계 혈족, 그것도 형제를 고발하는 건 그림이 좋지 않으니까.

"피고발인인 일공자와 이공자는 앞으로 나오라."

가주의 말에 두 공자는 어쩔 수 없이 앞으로 나왔고, 준비된 의자에 앉았다.

당인 조장은 자신이 두 공자를 고발한 이유를 설명했다.

"몇 개월 전, 저는 두 공자가 만나는 것을 보았습니다. 그리고 두 공자는…… 세상이 사천당가를 두려워해야 가문의 위엄이 설 수 있다고 입을 모아 말했습니다."

"네?"

"그, 그런 적은 없습니다."

두 공자의 항변에 가주가 일갈했다.

"조용히 하라."

"……."

"고발인은 계속하라."

"네."

당인 조장은 말을 이었다.

"저는 제 귀를 의심했지만, 이 사천당가의 미래인 두 공자가 바른 길을 찾을 거라 생각하고 그 자리에서 물러났습니다. 하지만 제 불찰이었습니다."

"……."

"그 후, 번을 서던 저는 다시 두 공자가 만나는 것을 보았습니다. 두 공자는 가문의 독을 세상에 퍼트리는 것으로 사천당가의 두려움을 세상에 보여야 한다고 했고, 구체적인 계획도 세웠습니다."

말이 완전 청산유수네.

당인 조장은 첫째 공자는 형문파의 돌림병을 일으킨 독에 대해서, 둘째 공자는 세간에 퍼지고 있는 산공독에 대해서 혐의가 있음을 주장했다.

"일공자와 이공자는 이에 대해 할 말이 있는가?"

"억울합니다."

"저희는 그런 참담한 일을 한 적이 없습니다."

가주가 고개를 돌려 물었다.

"당인 조장은 자신의 말을 뒷받침할 증거가 있는가?"

"있습니다!"

"……!"

그 말에 좌중은 조용해졌다.

"저는 두 공자가 이 일에 대한 증거가 될 만한 자료를 숨기는 것을 목격했습니다."

"어디에 숨겼는가?"

"일공자는 독각사의 우리에, 이공자는 독화당 지붕 밑에 숨겼습니다."

어?

거기에 있는 증거들은 지금 내 주머니 안에 있는데?

대신 거기에 다른 것을 넣어 놨고.

나는 어제 움직이기 잘했다는 생각이 들었다.

안 그랬으면 정말 힘들어질 뻔했다.

잠시 후,

그들 앞에는 두 개의 보따리가 놓였다.

사천당가 징벌당의 무사들이 그것을 가져온 것이다.

"여기 당인 무사가 말한 곳에서 발견한 것들입니다."

"정확한 장소를 모른다면 발견하기 어려운 곳에 있었

습니다."

"더군다나 독각사의 우리는 저희도 들어갈 수 없는 곳이었기에 조련사의 도움을 받았습니다."

"수고했다."

가주는 당인 조장에게 물었다.

"이것들이 그대가 본 것인가?"

"맞습니다. 틀림없습니다."

당인 조장은 확신에 찬 얼굴로 고개를 끄덕였다.

그 말에 두 공자가 항변했다.

"저는 모르는 물건입니다."

"저 역시 모르는 물건입니다."

가주는 무사들에게 명했다.

"보따리를 풀어 봐라."

이에 무사들은 보따리를 풀었고, 각각의 보따리에서 서책을 발견했다.

"이리 가져오도록."

그 말에 잠자코 앉아 있던 동백회의 다른 일원들이 말했다.

"가주, 끼어들어서 죄송하오만 그건 우리가 먼저 보겠소이다."

"지금 나를 의심하는 것이오?"

"징벌회에 고발된 자들이 가주의 아들이니만큼, 딴지를 거는 이들이 있을 것 같아 이러는 것입니다."

"……."

가주는 고개를 끄덕이며 물러났다.

"그리하시오."

"일공자와 이공자, 그리고 저 당인 조장이 몸담은 곳의 수장도 빠지시오."

그 말에 세 사람이 자리에서 일어나 뒤로 물러났다.

그렇게 동백회의 인원 중 절반 가까이가 물러났다.

무사들이 남은 인원들에게 서책들을 가져갔다.

그런데,

서책을 살피던 그들의 얼굴이 점점 붉어지기 시작했다.

그도 그럴 것이다.

왜냐하면, 그 서책들…… 춘화집이거든.

그것들이 내 주머니에 있던 이유는 내가 산 서책에 섞여 들어갔기 때문이다.

나는 북경에 갔을 때 들린 서책점에 내가 원하는 서책들의 목록을 주며 가져다 달라고 주문한 적이 있었다.

그런데 민망하고 낯뜨거운 그림들이 가득한 춘화집 두 권이 섞여 들어가 있던 거다.

주문 착오가 틀림없었고, 하여 그것들을 환불받기 위해 주머니에 챙겨 두었다.

그러나 시간이 없어서 결국 주머니에 남아 있었던 것이다.

다른 사람을 시켜도 될 일이지만, 그게 높은 확률로 팔갑일 거고 그건…….

상상만 해도 싫다.

아무튼, 덕분에 이렇게 잘 써 먹은 거다.

그들은 민망하여 눈 둘 곳을 찾지 못했다.

왜 저러신대.

이미 알 거 다 아실 텐데.

그런 반응에 가주는 고개를 갸웃했다.

"왜 그러시오?"

"험, 험험…….."

"이것 참, 험험."

한 노인이 민망한 듯 말했다.

"일공자와 이공자가 이것들에 대해 극구 부인하는 이유를 알겠군."

그 말에 첫째 공자와 둘째 공자는 입술을 깨물었다. 그리고 당인 조장과 셋째 공자의 얼굴에는 살짝 미소가 어리었다.

하지만 당인 조장과 셋째 공자의 미소는 오래가지 못했다.

"감히 이런 것을 가지고 증거랍시고 두 공자를 음해하다니!"

"그러고도 정녕 살기를 바라는 것이더냐?"

"……네?"

당인 조장은 어리둥절한 표정을 지었다.

"그, 그게 무슨 말씀이십니까?"

탁-!

그들은 두 서책을 당인 조장 앞에 던지며 말했다.

"네놈의 눈으로 직접 봐라!"

그 말에 당인 조장은 주섬주섬 서책을 주워들었고, 그것들을 펼쳤다.

"……!"

놀란 그는 믿을 수 없다는 듯이 중얼거렸다.

"어, 어떻게…… 아닌데, 분명히 그 자료들이었는데?"

그는 일공자와 이공자를 향해 버럭 소리를 질렀다.

"대체 어디로 빼돌린 겁니까? 내공역병과 칠보산공독의 자료들을!"

그 말에 가주의 표정이 싸늘해졌다.

"그 이름을 네가 어찌 알지?"

"……!"

"아직 나조차도 이름을 모르거늘, 그걸 네놈이 알고 있다는 건……."

타다닷!

순간, 가주의 신형이 움직였고, 신속하고 정확하게 그의 혈도를 점했다.

그 놀라운 경지에 입이 떡 벌어질 정도였다.

"누군가의 사주를 받고 이런 짓을 했다는 의미겠지."

혈도가 점해져 전혀 움직이지 못하게 된 그의 눈에는 두려움이 가득했다.

"그건 천천히 듣도록 하지. 끌고 가라!"

"네!"

징벌당의 무사들은 당인 조장을 끌고 갔다.

나는 셋째 공자를 보았다.

그 얼굴은 안도의 표정이었지만, 나는 봤다.

아까 순간적으로 일그러졌던 그 얼굴을.

가주는 다른 동백회의 이들에게 말했다.

"이번 일은 두 공자에게 혐의가 없다고 보네. 자네들은 어찌 생각하나?"

"저희 역시 그리 생각합니다."

가주는 모두에게 말했다.

"이번 일은 두 공자를 음해하기 위해 누군가가 수를 쓴 것이다. 하여 이번 일에 대해 나는 두 공자에게 혐의없음을 선언한다."

그 말에 두 공자는 가슴을 쓸어내렸고, 내 옆의 당수빈 소저 역시 안도의 한숨을 내쉬었다.

"정말 다행이에요. 정말……."

눈물까지 글썽이는 그 모습에 나는 손수건을 건넸다.

"두 공자를 아끼시는 모양입니다."

"네. 두 오라버니는 정말 좋은 분들이거든요. 그런데 만약 이번 일로 인해 억울하게 처벌을 받았다면…… 흐 윽."

긴장이 풀렸는지 그녀는 눈물을 흘렸다.

달래 줘야 하나?

하지만 나는 긴장을 풀 수가 없다.

셋째 공자가 다른 수를 쓰지 않을 리가 없기 때문이다.

그러니 다른 수를 쓰기 전에 막아야 했다.

가장 좋은 방법은 그 가면을 벗겨 버리는 것인데…….

그때 문득 좋은 생각이 났다.

.

.

.

내가 머무는 별당에 당조웅이 왔다.

오늘 있었던 징벌회에서는 긴장한 표정이 역력했지만, 그게 모함으로 밝혀진 지금 표정이 나쁠 리가 없었다.

그는 반짝이는 눈으로 나를 보며 물었다.

"오늘 정말 저와 함께 시간을 보내 주시는 건가요?"

"응."

"오늘 오전에 있었던 일 때문에 오늘은 안 되는구나 싶었는데! 정말 기쁩니다."

"그래, 나도 기뻐."

조웅이에게서 뿜어져 나오는 열정은 나조차 부담스러울 정도였다.

마치 희대의 영웅을 바라보는 듯한 그 눈빛도 부담스럽고.

나는 그런 영웅이 아닌데 말이지.

오늘 내가 조웅이와 시간을 보내겠다고 한 것은 그를 이용하는 것이기도 했기에 양심이 콕콕 찔렸다.

미안하다. 조웅아.

하지만 어쩔 수 없다.

이래야 당연칠 부대주의 주목을 받지 않을 수 있다.

내 주머니에 들어가 있는 진짜 증거들을 작성한 자가 당연칠이라면, 그것들을 실험한 자 역시 당연칠일 거다.

그렇다면 그것들을 실험한 장소가 있을 거다.

그것도 사천당가 내부에.

그곳을 찾기 위해서는 우선적으로 당연칠 부대주에게 주목받지 않아야 한다.

나는 조웅이와 함께 사천당가에서 시간을 보내는 척하면서 당연칠 부대주의 검은 속내를 밝힐 생각이다.

"저…… 그런데 말입니다. 은공."

"왜?"

"오늘 수빈 누님도 같이 시간을 보내도 되겠습니까?"

"당수빈 소저랑?"

"네."

왜냐고 이유를 물으려 했지만, 왠지 내 감은 묻지 말라고 말하고 있었다.

"그래, 그렇게 하자."

내 말에 조웅이는 즉시 시종을 보냈다.

조웅이의 유모가 죽은 후, 새로운 유모를 들이려 했지만 조웅이가 거절했다고 했다.

뭐, 자신이 믿고 따르던 유모에 의해 납치당할 뻔하고 유모 역시 자신의 눈앞에서 죽었으니 그 마음이 이해되었다.

하여 그에게는 시종이 붙었는데 가주가 인선한 만큼 믿

을 만한 자일 거다.

잠시 후, 당수빈 소저가 달려왔다.

"이렇게 잘생긴 은공이랑 함께 시간을 보낼 수 있다니! 정말 기쁘네요."

"바쁘신 일은 없으십니까?"

"없어요. 있어도 와야죠."

그녀는 무척이나 들뜬 표정이었다.

나는 당수빈과 당조웅을 데리고 사천당가의 이곳저곳을 활보하며 다녔다.

처음에는 '뭐지?' 하는 눈으로 바라보던 이들은 곧 '나들이 중이군.' 하며 관심을 거두었다.

내가 원하는 바다.

그렇게 이곳저곳을 돌아보던 나는 어느 인적이 드문 곳에 당도했다.

내가 와 보지 못했던 곳이다.

그냥 봐서는 후원의 입구처럼 보였는데, 왠지 분위기가 음산했다.

"이곳은? 어딥니까?"

당수빈 소저가 내 의문에 답해 주었다.

"어제는 시간도 없고 해서 오지 않았던 곳이에요. 사실 이곳은 외부인에게는 좀 위험한 곳이라서요."

"위험한 곳이라면?"

"은공께서는 의문이 들지 않으셨어요? 사천당가 안에

있던 독각사 같은 독물이나 독을 채취할 수 있는 독초를 어디서 얻는지요."

"설마? 이곳이 그것들을 얻을 수 있는 곳입니까?"

"맞아요."

나는 내 앞에 보이는 붉은색의 문을 보았다.

문에 달린 현판에 [보만림(寶滿林)]이라 적혀 있었다.

보물이 가득 찬 숲이라는 의미다.

저것만 봐서는 저 안에 금은보화가 숨겨져 있을 거라 생각하겠지만, 이곳은 사천당가다.

사천당가의 이들에게 있어 보물은 독공에 쓰이는 재료들이다.

"왜 이곳은 안내하지 않았는지 알 것 같습니다."

그렇다면 이곳은 미련도 두지 말고 지나쳐야 하는 곳이다.

당수빈 소저가 위험하다고 할 정도면 진짜 위험한 곳일 터.

그때 보만림이라는 이 숲의 이름을 보는 순간 뭔가 떠오르는 것이 있었다.

이전 삶에서 첫째 공자와 둘째 공자를 제치고 셋째 공자인 당연칠이 사천당가의 소가주가 된 것은 무척이나 큰 화젯거리였다.

하여 이에 대해서 이런저런 소문들이 떠돌았고 나는 그 소문들을 최대한 모아 분석했다.

소문이라는 것은 믿을 것이 못 된다고 하지만, 소문 속에 진실이 숨어 있는 법이다.

그 소문 중에는 보만림에 대한 것도 있었다.

"이번에 새로 소가주가 된 그 셋째 말이야. 인적 드문 숲에서 개인 수련을 해서 실력을 키웠다는데?"

"비밀 수련 장소가 사천당가의 이들이 대대로 보물을 숨겨 놨던 숲인데 그곳에서 숨겨진 비급을 얻었다는 말이 있더라고."

그 소문들의 진위가 어찌 되었든 표면적으로 드러난 것만 보자면 당연칠 부대주가 드나들었다는 곳은 이곳 보만림이 틀림없었다.

보물을 숨겨 놓은 숲과 보물이 가득한 숲은 상당한 연관성이 있었으니까.

그리고 이곳에서 개인 수련을 했다는 소문이 돌 정도라면 이곳을 꽤 자주 드나들었다는 의미다.

그 말은 즉, 이곳에 뭔가가 있다는 거다.

그러니까 내가 이 숲 안에 들어가야 한다는 거지.

아, 젠장.

음침하니 진짜 들어가기 싫다.

게다가 당수빈 소저의 경고를 들어서 그런지 더더욱 들어가기 싫다.

하지만 이곳에 들어가야만 당연칠 부대주의 가면을 벗길 수 있을 거라는 예감이 강하게 들었다.

나는 당수빈 소저에게 물었다.

"여기, 들어가도 됩니까?"

"네에?"

그녀는 깜짝 놀라서 반문했다.

"이 안에 들어가신다고요?"

"네. 개인적으로 이 안이 궁금해서 그렇습니다. 안 되겠습니까?"

내 말에 당수빈이 살짝 고민했다.

"송구합니다. 제가 무리한 부탁을 드려서⋯⋯."

"아, 아니에요."

그녀가 고개를 저었다.

"일 구역이나 이 구역 정도면 조웅이도 갈 수 있는 곳이니 그 정도는 괜찮을 거예요."

"감사합니다."

"대신 저에게서 떨어지시면 안 돼요. 그리고 나누어 드린 특별 신분패의 줄을 길게 늘어트려서 목에 걸어 피부에 밀착되도록 하세요."

"어째서입니까?"

그 물음에 당수빈 소저가 설명했다.

"사실 특별 신분패는 피독주로 만든 거예요. 보통은 입에 물거나 해야 하는데, 그건 상당히 강한 피독 효과가 있는 거라서 피부에 닿는 것만으로도 해독 효과가 있죠."

특별 신분패를 절대 잃어버리지 말라고 해서 왜인가 했더니 그런 능력이 있었군.

"몸에 지니는 것만으로도 어느 정도의 독은 막아 주지만, 피부에 닿도록 하는 것이 더 확실해요."

"그럼 손에 쥐는 것만으로도 충분하지 않습니까?"

"맞아요. 하지만 저희는 손으로 싸워야 하는 무인이고 또 저 안에서는 무슨 일이 있을지 모르니 두 손이 자유로운 편이 좋잖아요."

"그렇군요."

그 후로도 그녀는 몇 가지 주의사항을 말해 주었다.

"제 말 명심하세요."

"네. 그리하겠습니다."

"그럼, 들어가죠."

우리는 보만림 안으로 들어갔다.

나는 내 뒤를 바라보았다.

뒤에는 세 명의 호위들이 따라오고 있었다. 여응암 무사는 지금 별당에 있다.

사라진 진짜 증거를 찾기 위해 초대하지 않은 자가 방문할 가능성을 배제할 수 없었기 때문이다.

이필 무사.

서우 무사.

그리고 진유 무사.

모두 내 뒤를 든든하게 지켜 주는 조력자다.

저들에게 모든 사실을 밝히는 건 위험한 일이긴 하지만, 나 혼자서 해결하기 위해 끙끙거리며 동분서주하는 건 저들에 대한 예의가 아니라는 생각이 들었다.

팔갑도 그게 불만이었고.

나는 그들에게 도움을 받기로 결정하고는, 곧바로 전음을 보냈다.

– 듣기만 하세요.

"......!"

그들의 눈동자가 살짝 커졌다가 원래대로 돌아왔다.

– 저는 지금, 이 숲 안에 숨겨진 비밀 공간을 찾고 있습니다.

– 그 어떤 흔적이라도 좋습니다. 비밀 공간의 흔적이라고 생각되는 곳을 발견하면 저에게 보고해 주십시오.

– 하지만 이는 비밀리에 수행하셔야 합니다. 그렇다고 무리하게 대열을 이탈하지는 마십시오. 여러분이 위험해지면 제가 많이 슬플 겁니다.

내 전음에 그들은 살짝 고개를 끄덕이는 것으로 답을 했다.

숲 안은 무척이나 조용했다.

심지어 풀벌레 소리 하나 들리지 않았다. 그 정적이 기괴하게 느껴졌다.

그런데 그게 나에게만 그리 느껴진 건 아닌 듯했다.

"어? 이상하네?"

"누님, 벌레들이 울지 않습니다."

그 대화에 내가 물었다.

"이곳도 벌레들이 많은 곳이군요?"

"네. 이곳은 독충들뿐만 아니라 일반 벌레들도 꽤 있거든요. 그래서 이곳에 들어오면 벌레 우는 소리가 먼저 반겨 주는데…… 이상하네요."

그녀는 미간을 좁혔다.

"벌레들이 울지 않는다는 건 자신보다 강한 천적이 나타났다는 건데?"

"누님, 뱀도 보이지 않습니다."

"이곳에 뱀도 많군요."

"네. 뱀이 제법 많아서 독을 연구하는 데 많은 도움이 되고 있어요. 그런데 이상하게 뱀도 보이지 않네요. 혹시 새로운 독물이라도 나타난 건가?"

당수빈 소저와 조옹이는 고개를 갸웃했다.

하지만 나는 왠지 그 이유를 알 것 같았다.

어제 독각사의 우리에서 독각사가 나와 눈을 마주치자마자 두려워하며 구석으로 도망갔었던 것이 떠올랐다.

그땐 내 소매 속에 있는 금령이 때문인가 싶었지만, 금령이는 소매 속이 편한지 웬만해서는 나오지 않고 있었다.

그리고 독각사가 몸을 말고 도망갔던 건 나와 눈이 마주쳤을 때다.

그럼 진짜 나 때문인 건가?

그럴 가능성이 상당히 높았다.

왜지?

일단 가장 가능성이 높은 것은 내 현룡성체.

용은 왕이며, 지배하는 존재이다.

설마 현룡성체라는 체질에 나도 모르는 뭔가가 있다는 건가?

그러고 보니 나는 사천은 물론이고 운남에 갔을 때도 벌레라는 것을 본 적이 없었다.

어…….

좋은데?

나는 씩 웃었다. 그렇다면 이 숲에서 내가 있는 한 모두 안전하다는 의미이다.

하지만 이를 모르는 당수빈 소저가 위험하다고 판단을 하고 돌아가자고 하면 낭패다.

"뭐, 그럴 수도 있죠. 벌레들이 꼭 울어야 하고 뱀들이 나타나야 한다는 법은 없지 않습니까?"

"그건 그렇죠."

"그리고 이곳을 관리하는 분이 계실 것 아닙니까? 만약 뭔 일이 생겼다면 그분이 먼저 가문에 알렸을 겁니다."

"그 말이 맞네요."

그 둘은 납득한 듯 고개를 끄덕였고, 발걸음을 옮겼다.

그렇게 일각 정도 걸었을 때 우리 앞에는 돌로 만들어진 계단이 보였다.

그 계단을 걸어 언덕을 올라가던 도중, 진유 무사의 전음이 들렸다.

– 주군, 드릴 말씀이 있습니다.

– 말씀하세요.

– 수상한 발자국을 발견했습니다.

그의 전음이 이어졌다.

- 계단 아래쪽에 있던 발자국인데, 그 발자국은 계단의 옆면에서 끊겨 있었습니다.

그 말에 나는 발을 멈추었다.

계단의 앞도 아니고, 계단 옆에서 발자국이 끊겼다는 것을 설명하기 위해서는 한 가지 전제가 필요했다.

처음부터 계단 옆이 목적지라는 것.

역시 진유 무사다.

추격과 암살을 전문으로 해서인지, 눈썰미가 장난 아니게 좋았다.

- 고맙습니다. 덕분에 아주 중요한 것을 발견할 수 있을 것 같습니다.

나는 당수빈 소저를 불렀다.

"죄송합니다만, 소저."

"네?"

"방금 계단에 뭔가를 흘린 듯합니다. 잠시 되돌아가서 찾았으면 합니다."

"어쩔 수 없죠."

우리는 다시 계단의 시작점으로 되돌아갔다. 그리고 나는 물건을 찾는 듯하면서 계단의 옆으로 향했다.

정말 계단 옆에는 아주 희미한 발자국이 있었다.

발자국이 여기에 있다는 건 장치가 이쪽에 있다는 건데?

나는 계단의 옆면을 자세하게 살폈다. 그때 진유 무사가 한 곳을 가리켰다.

- 이곳입니다.

계단 옆면의 평범하게 쌓은 수많은 돌 중 하나였지만, 유독 그것만 닳아 있었다.

나는 그것을 눌렀다.

그 순간,

드드드드드.

내 앞의 돌덩이들이 한 번에 옆으로 밀렸고, 두 사람 정도가 지나갈 수 있는 입구가 드러났다.

그걸 보고 당수빈 소저와 조웅이가 놀란 건 당연했다.

"어? 저게 뭐지?"

"도, 동굴이 있습니다."

나는 시치미를 떼며 말했다.

"반응을 보니, 두 분도 처음 보시는 거군요."

"네."

"전혀 몰랐습니다."

"들어가 볼까요?"

그 말에 당수빈 소저의 시녀가 만류했다.

"아가씨. 낯선 곳에는 함부로 들어가는 것이 아닙니다."

"하지만, 궁금하잖아. 괜찮아. 여기는 아직 일 구역이니까 위험한 건 없어."

"그렇긴 합니다만……."

"너는 가서 사람들을 불러오도록 해."

"알겠습니다."

시녀는 한숨을 내쉬며 사람들을 불러오기 위해 보만림

을 나섰다.

"그럼 들어가 봅시다."

"은공도요?"

"네. 조웅이는 위험하니 이곳에 있어야겠죠. 그러면 혼자
들어가셔야 한다는 건데, 어찌 소저 혼자 보내겠습니까?"

내 말에 당수빈 소저의 얼굴이 살짝 붉어졌다.

"잘생긴 남자랑 낯선 곳을 탐험한다니. 설레네요."

"······."

나는 헛기침을 했다.

"갑시다."

밖에 조웅이와 조웅이의 시종, 그리고 이필 무사와 팔
갑을 남겨 두고 우리는 안으로 들어갔다.

그 공간은 습기로 눅눅했다.

하지만 그 안에는 야명주가 곳곳에 박혀 있어서 활동하
는 데 어려움은 없었다.

횃불은 계속해서 관리해야 하고, 연기가 바깥으로 빠져
나갈 수 있기에 이 비싼 것들을 쓴 모양이다.

그렇게 얼마나 걸었을까?

"어?"

당수빈 소저의 눈이 커졌고, 나는 미소 지었다.

제대로 찾은 듯했다.

27장. 드러난 진실

드러난 진실

우리 앞에 드러난 건, 딱 봐도 연구를 위한 장소다.

곳곳에 연구를 위한 도구들이 정돈되어 있었고 그 옆의 서가에는 서책들이 빼곡했다.

그리고 서탁 위에는 기록 중인 듯한 서책이 문진으로 고정되어 있었다.

당수빈 소저는 가장 먼저 그곳으로 다가갔고, 그 기록을 읽기 시작했다.

그사이 나는 서가로 향했다.

그곳에 꽂혀 있는 서책을 보면 이곳에서 무엇을 하려고 했는지 알 수 있을 터.

[독 조합 방식]

[중독의 양상]

[독물과 독초 백서] 등등.

서책의 종류는 무척 많았지만, 그게 무엇을 위한 것인지 어렵지 않게 짐작할 수 있었다.

독을 만들고 제조하기 위한 것이다.

"이럴 수가!"

그때 당수빈 소저가 놀란 표정을 지었다.

"왜 그러십니까?"

"이건…… 오늘 오전에 언급되었던 내공역병과 칠보산 공독에 대한 연구 자료예요."

"네?"

"여기 그 이름이 적혀 있어요."

나는 당수빈 소저가 가리킨 곳을 보았다.

그녀의 말대로다.

"아무래도, 이곳은 두 독을 비밀리에 만들어 낸 곳인 듯합니다. 그리고 여기 서가에 있는 서책들은 이 연구에 필요한 서책들인 듯합니다."

당수빈 소저는 서가로 다가가 서책들을 살피더니 재차 놀랐다.

"어? 이 서책들은…… 제가 소싯적에 봤던 것들이에요."

"네?"

"사천당가의 일원이라면 학당에서 필수적으로 익히는 것들이에요."

사천당가에서는 자체적으로 학당을 운영했고, 그곳에서 기본적인 것들에 대해서 배운다.

어제 외처를 견학하면서 학당도 둘러보았었다.

아무튼, 이게 학당에서 기본적으로 배우는 것들이라고 하면 진짜 이상하다.

셋째 공자가 직접 그 독들을 만들었을 터.

그런데 왜 이런 기본적인 서책들이 필요할까?

당수빈 소저가 이미 익혔다면 셋째 공자 역시 익혔을 텐데 말이다.

그때 기억 속에서 또 다른 소문 중 하나가 떠올랐다.

"그런데 셋째 공자에게 무슨 일이 있던 건가? 비밀 수련을 하면서까지 소가주가 되다니 말이야."

"그러고 보니 성격이 좀 바뀌었다고 하던데."

"맞아. 뭔가 능글맞던 사람이 어딘가 좀 날카로워졌다고 하더라고."

"충격 받을 만한 일이 있었나?"

성격이 바뀌었다는 그 소문이 걸렸다.

그때 내 눈에 띈 서책이 있었다.

뭔지 모르게 꺼림칙한 기분이 드는 서책이었지만 봐야만 할 것 같은 생각이 들었다.

나는 그 서책을 집어 들었다.

제목은 없었다.

책장을 넘기자 보이는 것은 인피면구 제작법.

이게 이곳에 왜 있을까?

그 무엇도 이유 없는 건 없다는 것이 내 생각이다.

나는 내가 기억하고 있는 이전 삶에서의 소문과 이 서책과의 연관성을 조합해 보았다.

그리고 당수빈 소저를 보는 순간, 그녀가 어제 나에게 했던 말이 떠올랐다.

"초면에 이런 말을 해도 되나 모르겠지만, 언젠가부터 셋째 오라버니를 볼 때면 뭔가 기분이 좋지 않아서요."

왜 셋째 공자를 꺼리냐는 물음에 그리 대답했었다.

그리고 셋째 공자는 인피면구를 쓰면 어색해지는 특정 발음을 하지 않았었다.

"설마……!"

"왜 그러세요?"

당수빈 소저가 나를 보며 걱정스러운 표정으로 물었지만 나는 아무 대답도 할 수 없었다.

말도 안 되지만, 결론이 이것밖에 없었다.

우리가 지금까지 당연칠이라고 알고 있는 자는 진짜 당연칠이 아니다.

성격이 바뀌었다고 하지만 성격이 바뀐 게 아니다.

사람이 바뀐 거다.

내가 당연칠 공자를 보았을 때 그에게서 느껴졌던 흑도의 기운을 떠올렸다.

제갈세가의 제갈경보다 더 역겨운 기운.

그건 그자가 원래부터 흑도의 인물이었다는 의미다.

무슨 방법을 썼는지 아무도 알아차리지 못했지만, 예민한 당수빈 소저는 그걸 본능적으로 알아차린 거다.

내가 이전에 설정했던 가설을 수정해야 했다.

이전 삶에서 당조웅을 죽이지 않고 납치했던 이유.

그건 아마도 당조웅을 죽이면 그 어떤 협조도 하지 않겠다고 진짜 당연칠이 완강히 버티었기 때문일 터.

당수빈 소저를 죽인 이유는, 셋째 공자가 진짜가 아님을 알아차리고 셋째 공자를 구출하려 했기 때문이 아닐까?

그러다가 진짜 당연칠이 필요 없어지자 그를 죽이며 동시에 이용 가치가 떨어진 당조웅도 버린 거다.

그렇다면, 진짜 셋째 공자는 아직 살아 있다는 의미가 된다.

나는 서책들이 가득 꽂힌 서가를 둘러보았다.

독을 만들어 낸다는 것은 전문적인 지식이 없다면 불가능한 일이다.

그 말은 즉, 가짜 당연칠도 어느 정도는 독에 대한 지식이 있다는 의미다.

하지만 그 수준이 진짜 셋째 공자를 따라잡지는 못하니, 이렇게 참고 자료를 구해 둔 것이다.

사천당가의 방식으로 독을 만들기 위해서라도 이 서책들이 필요했고.

하지만 서책만 참고해서 사천당가의 방식으로 독을 만

들 수 있을까?

아니다.

누군가의 조언이 있어야 가능한 일이다.

그리고 그 조언은 분명 진짜 셋째 공자에게서 얻어 냈을 것이 분명했다.

가주의 직계인 만큼 고급 교육을 받았을 테니까.

그렇다면 분명 이곳 어딘가에 억류당해 있을 확률이 높았다.

어디에 있을까?

"은공?"

"……."

"은공!"

당수빈 소저의 목소리가 내 상념을 깨웠다.

"아! 소저."

나는 고개를 저었다.

"죄송합니다. 잠시 생각 좀 하느라."

그리고 나는 서우 무사와 진유 무사에게 전음을 보냈다.

- 혹시 이 안에 비밀 공간으로 통하는 문이 있을까요?

- 그건 왜 물으십니까?

서우 무사의 물음에 나는 다시 전음을 보냈다.

- 그걸 찾으면 모든 설명이 됩니다. 사람 하나를 숨길 정도의 공간이 있을 만한 흔적을 찾아 주십시오.

내 말에 그 둘은 즉시 흔적을 찾기 시작했고, 이내 서우 무사가 나를 불렀다.

"여깁니다."

서우 무사는 표두 출신이다.

그렇기에 그 역시 사소한 흔적을 놓치지 않았다.

야명주를 매달아 벽에 고정해 놓은 기둥 중 하나인데, 나는 그곳을 보자마자 왜 서우 무사가 그곳을 가리켰는지 알 것 같았다.

그곳만 먼지가 쌓여 있지 않았다.

나는 즉시 당수빈 소처를 불렀다.

"소저, 여기 좀 이상하지 않습니까?"

"네?"

"이곳만 먼지가 없습니다."

"어머? 정말 그러네요."

나는 그것을 아래로 당겼다.

드드드드.

그 순간, 야명주가 매달려 있던 기둥 바로 아래의 벽이 스르르 밀렸다.

그리고 드러난 계단은 저 밑에까지 이어져 있었다.

나는 침을 꿀꺽 삼키며 당수빈 소저에게 물었다.

"내려가실 거죠?"

"당연한 말을 하시네요."

"진유 무사, 이곳을 부탁합니다."

"다녀오십시오."

나는 야명주 기둥을 뽑았다. 쏙 뽑히는 것을 보니 그것을 들고 가야 하는 게 맞는 듯했다.

우리는 천천히 발걸음을 옮겼다.

혹시 모르니 최대한 기척을 숨기고 발소리도 죽여 가며 조심스럽게 이동했다.

그렇게 반 각 정도 걸었을까?

저 멀리 빛이 보이기 시작했고, 점점 가까이 다가갈수록 역겨운 느낌이 강해졌다.

저 공간에 흑도 무사가 있다는 의미다.

나는 서우 무사에게 작게 속삭였다.

"저 앞에 감시하는 자가 있습니다. 적은 그 한 명뿐인 듯합니다."

"처리하겠습니다."

즉시 서우 무사가 튀어 나가 그자를 제압했다.

"움직이면, 죽는다."

"으윽, 누, 누구……."

나와 당수빈 소저는 그에게 가까이 다가가 물었다.

"이곳은 무엇을 위한 곳입니까?"

"그, 그걸 내가 말해 줄……."

그 말에 당수빈은 언제 꺼냈는지 날카로운 단검을 들어 그자의 어깨를 찍어 버렸다.

"끄아아악!"

"대답하세요."

"이, 이곳은 감옥입니다."

"누구를 가두기 위한 감옥이죠?"

"다, 당연칠 공자를⋯⋯."

그 말에 당수빈의 눈동자가 커졌지만 이내 그 눈에는 독기가 담겼다.

"누구의 명이죠?"

"그, 그건⋯⋯."

그자가 망설이자 당수빈은 지체 없이 단검을 비틀었다.

뿌득!

"끄아아아악!"

그는 고통에 덜덜 떨었고, 결국 실토했다.

"배, 배두갑 님의⋯⋯ 지시입니다."

배두갑.

처음 들어 보는 이름이다.

아무튼, 지금은 저 안에 들어가는 것이 우선이다.

"기절시키세요."

"네."

퍽-!

서우 무사는 즉시 그자의 뒷목을 쳐서 기절시켰다. 중요한 참고인이다.

이대로 죽여서는 안 된다.

그때 마침 한 무리의 이들이 우르르 몰려오는 소리가 들렸다.

그리고 들리는 목소리.

"도련님! 어디 계십니까요?"

팔갑의 목소리다.

나는 휘파람을 불었다.

몇 번 끊어서 분 휘파람은 은해상단 사람이라면 누구나 알고 있는 신호다.

여기 가까이에 있다는 의미다.

곧 팔갑을 위시한 한 무리의 무사들이 다가왔다.

왼쪽 가슴의 표식을 보니 단화대 무사들이다.

"아가씨!"

그들은 당수빈의 손에 묻은 피를 보며 기겁했지만, 그녀는 아무렇지 않게 대답했다.

"심문 좀 하느라고요."

"……."

"그보다 저 안으로 들어가는 것이 급해요. 이자가 말하길 이 안에 셋째 오라버니가 있다고 하더군요."

"네? 삼공자님이 말입니까?"

그들이 대화를 주고받는 동안, 나는 기절한 자의 품을 뒤져 열쇠를 찾았다.

그리고 쇠문을 열었다.

"들어갑시다."

"네."

나와 당수빈 소저는 얼른 안으로 들어갔고, 무사들도 우리를 따랐다.

나는 표정을 굳힐 수밖에 없었다.

점점 강해지는 비릿한 향.

분명 피 냄새였기 때문이다.

당수빈 소저 역시 그걸 알아차린 것인지 얼굴이 잔뜩 굳어 있었다.

곧 우리는 막다른 곳에 다다랐다.

그곳에는 단 하나의 문만 있었는데, 당수빈 소저는 그 문을 여는 것을 망설이고 있었다.

"소저……."

"죄송해요."

"제가 열겠습니다."

나는 즉시 문을 열었다.

끼이이이익.

듣기 싫은 쇳소리와 함께 문이 열렸고, 곧 드러난 광경에 당수빈은 손으로 입을 막았다.

누군가가 쇠사슬에 칭칭 감긴 채 벽에 매달려 있었다.

온몸에 성한 곳이 없는 무척이나 처참한 몰골이었지만, 당수빈은 누군지 알아본 듯했다.

"오라…… 버니?"

"누…… 누구……?"

잔뜩 갈라진 목소리가 되물었다.

"연칠 오라버니!"

"이 목소리는…… 수빈이?"

그에게서는 흑도의 기운이 느껴지지 않았다.

진짜 셋째 공자 당연칠이다.

곧 우리를 뒤따라 온 무사들도 그 모습을 보고 놀라서 말을 잇지 못했다.

이런 초유의 사태에서 천하의 단화대도 굳어 버릴 수 있다는 것을 알게 되었다.

난 냉철하게 상황을 판단했다.

지금은 넋 놓고 있을 때가 아니다.

"조장님."

"……네?"

"어서 의원을 부르십시오."

"아! 네!"

"그리고 지금 즉시 이 사실을 가주님께 아뢰어 가짜 당연칠 공자를 추포하도록 하십시오."

"네! 알겠습니다!"

조장은 자신이 이끌고 온 이들에게 지시를 내렸다.

그렇게 일단의 무리가 부리나케 움직였다.

"진짜 당연칠 공자를 아래로 내리죠."

"알겠습니다."

우리는 당연칠 공자에게 다가갔다.

"연칠 오라버니…… 흑…….."

울먹이는 당수빈 소저에게 그가 힘겨운 목소리로 말했다.

"혈독귀(血毒鬼). 혈독귀가 우리 가문을 노리고 있다."

"그자가 혹시 배두갑이라는 자입니까?"

"마, 맞…… 그런데 누구?"

그 물음에 당수빈 소저가 나에 대해서 설명했다.

혈독귀?

그자의 본명이 배두갑이었어?

독을 사용하는 흑도 무림인 중에서 악명이 자자한 자들이 있다.

그중 하나가 혈독귀다.

그의 특기는 독을 바른 검으로 상대방을 공격하는 것이다.

즉, 독공과 검술을 동시에 익히고 있다는 뜻이다.

그는 호보대의 부대주로 행세하고 있고, 그걸 위해서는 사천당가의 무공을 익혀야 한다는 의미인데?

"혈독귀는 죽었다고 했잖아요?"

"하지만, 살아 있었다."

아…….

어떻게 된 상황인지 알 것 같았다.

혈독귀가 죽었다고 했을 때부터 이 계략이 시작되고 있던 거다.

무림맹에서는 혈독귀를 죽었다고 발표하여 세상에서 지웠다.

그러곤 사천당가의 무공을 익히게 하여 기회를 엿보고 있다가 진짜 당연칠과 그를 바꾼 거다.

다른 곳이 아닌 이곳에서 내공역병과 칠보산공독을 만든 건 그만큼 이곳이 독에 관해서 무척이나 철저하게 관리하므로 어쩔 수 없었던 거다.

"이 사실 또한 가주님께 알리십시오."

"알겠습니다."

곧 조장은 조원 둘을 보내어 이 사실을 알리게 했다.

그때 쇠사슬을 풀기 위해 애쓰던 무사가 말했다.

"저, 쇠사슬이 너무 단단하게 고정되어 있어서 열쇠가 없으면 풀 수 없을 듯합니다."

그 말에 서우 무사가 나섰다.

"사슬을 끊어 버리겠습니다."

서우 무사의 말에 나는 고개를 끄덕였다.

"부탁드립니다."

곧 서우 무사의 검에 희미한 빛이 어렸고, 그는 쇠사슬을 향해 검을 내리쳤다.

서걱-!

그와 동시에 쇠사슬이 두부처럼 베어졌다.

그걸 본 단화대의 조장이 깜짝 놀랐다.

"거, 검기?!"

절정 무사의 상징인 검기.

사실 서우 무사가 나와 함께 실종되었던 진호 형을 찾으러 갔을 때만 해도 일류 무사였지만 얼마 전, 그는 절정의 무사가 되었다.

"제가 병석이 누워 있던 시간은 결코 헛된 것이 아니었습니다. 제가 그 시간 동안 할 수 있던 건 오직 생각하는 것뿐이었기에 생각하고 생각하다 보니 이렇게 깨달음을 얻게 되었습니다."

그러면서 다시 한번 나에게 목숨을 바쳐 모실 것을 맹세했다.

자신에게 복시령과를 베풀어 주지 않았다면 자신에게 오지 않았을 일이라면서.

그 맹세를 듣자니 무척 쑥스러웠다.

아무튼 그 덕분에 당연칠 공자의 사지는 자유로워졌고, 단화대의 무사들은 그를 천천히 부축해 바닥에 눕혔다.

    ·

    ·

    ·

얼마 지나지 않아 당가의 의원들이 달려왔고, 곧바로 당연칠 공자를 치료하기 시작했다.

그들은 당연칠 공자의 모습을 보고는 질린 표정을 지었다.

"정말 딱 목숨만 붙여 놨습니다."

"이렇게 독하게 사람을 고문하다니!"

"이런 악랄함은 흑도의 방식입니다."

그러면서도 본분을 잊지 않고 약을 꼼꼼히 바르고 붕대로 싸맸다.

"으윽……."

당연칠 공자는 고통스러운지 신음을 흘렸고, 그 모습을 보며 당수빈 소저는 안절부절못했다.

"소저, 너무 걱정하지 마십시오. 사천당가의 의술은 무척 뛰어나지 않습니까? 곧 소저의 오라버니는 쾌차할 수 있을 겁니다."

"하지만 제가 그자를 좀 더 수상하게 생각했다면 셋째 오라버니를 더 빨리 구할 수 있었을 거예요."

"다른 이들은 알아차리지도 못했습니다."

"하지만……."

"그러니 자책은 하지 마십시오. 중요한 건 자책이 아니라 수습입니다."

"맞아요."

그녀는 손등으로 눈물을 닦으며 말했다.

"감히 이런 식으로 사천당가를 욕보인 자를 용서할 수는 없죠."

어느새 당연칠 공자의 기본적인 치료가 끝났다.

의원 여럿이 달려들자 금방 끝난 것.

사람들은 그를 들것에 실었다. 아직 걸을 수 없으니 이 대로 의당까지 옮기는 것이다.

지하로 이어진 계단을 걷고 연구실을 통과하여 긴 복도를 지나 우리가 처음 들어갔던 계단 옆 통로를 빠져나왔다.

그곳에 대기하고 있던 이필 무사는 들것에 실려 나오는 당연칠 공자를 보고는 놀란 표정을 지었다.

이내 무슨 일인지 알아차린 듯 입술을 깨물었다.

아무리 사천당가를 박차고 나왔다고 하지만, 그 마음에 사천당가에 대한 일말의 감정도 없을 리가 없었다.

나는 그의 등을 두들겼다.

그리고 사람들을 따라 걸었다.

그때 문득 그런 생각이 들었다.

철두철미한 무림맹에서 과연 혈독귀 한 사람만 사천당가에 심어 놨을까?

방금 봤던 그 연구실을 비롯한 공간을 한 사람의 힘으로 만들 수 있을까?

아니다.

분명 공범이 있다.

감시 및 조력을 위해 이 사천당가에 투입된 자가.

오전에 첫째 공자와 둘째 공자를 징벌회에 회부했던 호보대의 당인 조장처럼.

그들은 아마도 사천당가 사람일 거다.

그들의 조력이 있었기에 들키지 않고 소가주가 되었겠지.

하지만 여기서 가짜 당연칠 공자가 잡히고 그가 조력자가 누군지 실토한다면 그들 역시 무사하지 못할 터.

그러니 그들이 선택할 수 있는 최선은 진짜 당연칠을 죽이는 거다.

가짜 당연칠보다 진짜 당연칠의 입이 더 신뢰성 있으니, 그가 공범의 이름을 말한다면……. 상황 끝이지.

아까 당연칠 공자가 진범의 이름만 말한 것을 봐서는 조력자가 누군지 모르는 듯했다.

하지만 도둑이 제 발 저리는 법이다.

조력자의 입장에서는 진짜 당연칠이 공범이 누군지 알고 있다고 생각하는 것이 당연했다.

하지만 현재 사천당가에는 비상이 걸린 상황이니 함부로 경거망동할 수 없다.

그러나 지금 유일하게 이곳을 노릴 수 있는 자가 있다.

바로 이 보만림을 관리하는 자.

솔직히 그자의 묵인이 없었다면 이곳에 연구실과 감옥을 만들 수 있을까?

그럼 그자가 진짜 당연칠의 목숨을 노릴 수 있는 기회가 언제일까?

그건 보만림을 벗어나기 전이다.

어?

그거 지금이잖아?

그와 동시에 나는 뭔가가 심장을 찌르는 듯한 저릿함을 느꼈다.

살기다.

아직 다른 이들은 이걸 알아차리지 못한 듯했지만, 나는 분명히 느꼈다.

여기서 진짜 당연칠 공자가 죽는다면, 지금껏 고생한 게 모두 물거품이 된다.

당수빈 소저도, 조웅이도 슬퍼할 거다.

나는 은무검을 뽑으며 몸을 날렸다.

이런저런 생각이 머리를 스쳤지만, 그래도 눈앞에서 사람이 죽는 건 싫었으니까.

내 눈앞에 암기가 보였다.

암기에 검은색 액체가 묻어 있었다.

독이다.

나는 은무검을 크게 휘둘렀다.

까앙-!

암기가 은무검에 부딪치는 소리가 들렸다.

나는 그대로 몸을 돌려 암기를 바닥으로 내려쳤다.

푹-!

암기가 힘을 잃고 바닥에 박혔다.

"은공?"

나는 대답하지 않고 그대로 앞으로 쏘아져 나갔다.

방금 암기가 날아온 방향을 향해 쇄도한 것이다.

곧 도주하는 그자의 등이 보였다.

나는 심호흡을 하고 검을 휘둘렀다.

태음빙해신공 여섯 번째 초식 '설수(雪藪)'.

눈의 늪.

상대방의 발을 묶을 때 최적이다.

차가운 기운을 바닥에 깔아 상대방이 움직이는 것을 둔하게 만들었으니까.

"이, 이게 무슨……!"

털썩.

결국, 그는 앞으로 고꾸라졌다.

나는 그대로 달려가 그의 목에 검을 겨누었다.

그는 자결할 생각이었는지, 내 검에 그대로 목을 가져

다 대려 했다.

그렇게는 안 되지.

퍽-!

나는 그자의 뒷목을 쳐서 기절시켰다.

"주군!"

"은공!"

내 뒤를 따라 당수빈 소저와 호위들이 달려왔고, 기절한 자의 모습을 보고는 놀랐다.

"보만림 관리자가 왜?"

"한패였습니다."

"네?"

"생각해 보십시오. 이자의 묵인이 없이 저곳을 만들 수 있었겠습니까?"

그 말에 당수빈의 눈동자가 커졌다.

"생각하지도 못했어요."

"그럴 겁니다. 저런 초유의 사태에서는 누구든 사고가 정지되기 마련입니다."

나 역시 그랬기에 생각이 좀 늦어졌다.

이건 이전 삶에서는 드러나지 않았던 진실이었으니까.

* * *

사천당가주 당규정은 잠시 정신을 차리지 못했다.

그만큼 단화대 무사가 보고한 내용은 충격이었으니까.

"뭐라고? 보만림에 비밀 공간이 있고, 그곳에 연칠이가 억류되어 있었다고?"

"네, 가주님."

"그럼 오늘 오전까지 내가 봤던 그자는?"

"가짜라고 추정됩니다. 즉시 추포해야 합니다."

"이를 발견한 자는 누구인가?"

"당수빈 아가씨와 은서호 은공이십니다."

그 말에 당규정은 망설임 없이 명령을 내렸다.

"지금 즉시 호보대에 있는 가짜를 추포하도록!"

"네!"

그때 다른 무사가 도착했고, 그자의 정체에 대해서 보고했다.

"혈독귀라…… 단화대주에게 나서라 해라. 반드시 살려서 자백을 들을 수 있게 하라고."

"네!"

당대정이라면, 큰 피해 없이 그자를 생포할 수 있을 거다.

저번 당조웅의 납치 미수 사건으로 인해 그는 어렴풋하게나마 범인을 짐작할 수 있었다.

그리고 자신의 예상이 맞다면 이번 일 또한 그곳이 주도한 일일 거다.

"무림맹……."

당규정은 이를 갈았다.

무림맹은 백도 무림을 이끄는 자들이 백도 무림의 역할

에 대해 의논하고 궁리하며 협을 위해 힘쓰던 곳이었다.

하지만, 언젠가부터 무림맹은 이상해지기 시작했다.

물론 겉보기에는 여전히 훌륭했지만.

'신임 맹주가 선출되고 몇 년 후부터 그랬었지.'

무림맹주가 내세운 건 무림일통이다.

하지만 이를 위한 수단이 뭔가 이상하다는 것이 문제였다.

이에 동조하지 않는다고 이런 수작질이라니!

몇 년 전에 제갈세가에서 좋지 않은 일이 있었다고 했다.

무림맹의 농간으로 인해 제갈세가가 사라질 뻔했던 일이 있었으니, 조심하라는 제갈세가주의 전언을 받았을 때만 해도 설마 했었다.

하지만, 설마가 사람 잡는다고 이번에는 사천당가를 대상으로 수작을 벌인 거다.

문득 자신의 아버지가 보고 싶었다.

이제 이 가문은 너의 것이니 네 마음대로 이끌어 가라면서 홀연히 사라진 아버지가.

이럴 때 아버지가 계시다면 얼마나 든든할까?

'하아, 아버지. 아직 저는 가주 자리가 버겁습니다.'

그때 밖에서 호위의 목소리가 들렸다.

"삼공자님을 의당으로 옮겼다고 합니다."

머리가 복잡하지만 계속 이렇게 있을 수는 없는 노릇.

그는 자신의 집무실을 나서서 의당으로 향했다.

잠시 후,

의당에 당도한 그는 의아한 표정을 지었다.

무척이나 경계가 삼엄했기 때문이다.

"아버지!"

당수빈이 그를 보자 얼른 달려왔다.

"수빈아."

"아버지, 연칠 오라버니가……."

다시 눈물을 글썽이는 그녀를 보며 당규정은 머리를 쓰다듬어 주었다.

말 없는 위로였다.

"그런데 왜 이리도 경계가 삼엄한 것이냐?"

"오늘 연칠 오라버니는 구출돼서 나오던 도중, 보만림의 관리자에 의해서 살해당할 뻔했어요."

"뭣이?"

"다행히 은공께서 시의적절하게 대처해 주신 덕분에 이를 막을 수 있었어요."

"은공이라면 혹, 은서호 소협을 말함이냐?"

"네."

당수빈이 말을 이었다.

"사실 그 비밀 공간을 발견한 것도 은공 덕분이에요. 은공께서 발견하셨거든요."

그녀는 오늘 있었던 일에 대해 자세하게 설명했고, 그 설명을 들은 당규정은 침음을 흘렸다.

"허……."

대체 은서호에게 몇 번이나 은혜를 입은 것인지!

은공이라는 말로 모자라서 대은공이라고 불러야 할 정도였다.

그는 의당 안으로 들어갔다.

향냄새가 진하게 풍겨 왔다. 이건 심신을 안정시키는 향이다.

방금 그는 당수빈에게 어떤 상황이었는지 전해 들었기에 그 향에 입술을 깨물었다.

그는 자신에게 묵례를 하는 이들을 지나쳐 당수빈이 안내해 주는 곳으로 들어갔다.

이내, 그는 발을 멈출 수밖에 없었다.

붕대로 머리부터 발끝까지 칭칭 둘러싼 누군가가 침상 위에 누워 있었다.

"여…… 연칠아."

"아버지?"

상대가 그 떨리는 목소리에 반응했다.

"연칠…… 이냐?"

"네. 아버지. 저 연칠입니다."

"……정말이냐?"

"아, 진짜 너무하시네요. 아들을 눈앞에 두고도 몰라보시고, 애체라도 사 드려야 하나."

여유가 묻어나는 유들거림.

가짜 당연칠의 유들거림과는 다르면서도 익숙한 그 말투에 그는 침통한 표정을 지었다.

"미안하다. 이 아비가 아들도 알아보지 못하고."

"어? 아버지. 우시는 겁니까? 이거 영광이네요. 아버지가 우시는 것도 보고."

"정말 미안하다."

그는 입술을 깨물며 당연칠이 누워 있는 방에서 나왔다.

그때 누군가 달려왔다.

당대정 대주의 부관이다.

"가주님! 가짜 당연칠…… 아니, 혈독귀 배두갑을 생포했습니다."

당규정이 서늘한 목소리로 명령했다.

"지금 즉시 징벌회를 연다. 참석 대상은, 전원이다."

"네!"

* * *

나는 연무장에 와 있다.

가주가 징벌회를 열었기 때문이다.

그리고 참석 대상은 전원이라고 못 박았기에 모든 이들이 연무장으로 올 수밖에 없었다.

연무장 가운데에는 한 남자가 꿇어 앉혀져 있었다.

처음 보는 얼굴이다.

하지만 그 옆에 놓인 인피면구와 입은 옷을 보니 그자

가 당연칠 행세를 했던 혈독귀 배두갑이라는 것을 알 수 있었다.

그 옆에는 감옥의 문지기였던 사내와 내가 잡은 보만림의 관리자가 꿇어 앉혀져 있었다.

심문이 시작되었다.

나는 이곳에 전원 참석하라고 한 이유를 알 것 같았다.

가주님도 아시는 거다.

모든 동조자를 밝혀낼 수 없음을.

그렇기에 이런 식으로 저들에게 경고하는 거다.

만약 운 좋게 혐의에서 벗어난다고 해도 봐 주는 건 여기까지라고.

다시 한번 걸리면 그땐 진짜 사천당가의 지엄함을 보여 주겠다고.

그렇게 약 두 시진에 걸친 심문이 끝났고, 결국 진실 대부분이 드러났다.

내가 추측했던 대로였는데, 이 일이 삼 년 전부터 준비했던 일이라는 것이 충격이었다.

"죄인들을 뇌옥에 수감하라."

"네!"

무사들은 배두갑 일행과 그에게 동조한 자들을 뇌옥으로 끌고 갔다.

그 와중에 나는 의문이 들었다.

아직 중요한 것을 묻지 않았기 때문이다.

바로 누구의 지시를 받고 이런 짓을 했는지에 대해서.

그렇다면…… 누구의 짓인지 알고 계신다는 거겠지.

가주님은 모두를 향해 말했다.

"이번 일로 인해 나는 내가 가주로서 방심했었음을 통감하며 모두에게 사죄하는 바이다."

사자후의 수법을 응용한 그 목소리는 사천당가 전체에 쩌렁쩌렁 울려 퍼졌다.

"……."

"하여 나는 모두에게 말한다. 앞으로의 방심은 없다. 그 누구도 더 이상 이 사천당가를 노릴 수 없다! 그대들도 모두 방심하지 말고 본가의 영광이 하늘에 미치도록 하라!"

"명심봉행 하겠나이다!"

나는 별당으로 돌아왔다.

이번에 일어난 초유의 사건으로 인해 사천당가는 무척이나 분주하게 움직이고 있었다.

나는 한숨을 내쉬며 의자에 등을 기댔다.

이제 좀 긴장을 늦추어도 되려나?

내가 몸을 날려 보만림 관리자의 공격을 막아 낸 후, 경각심이 높아졌다.

하여 당연칠 공자에 대한 보호 태세가 최고 수준이니 더는 걱정하지 않아도 될 거다.

머리를 너무 굴렸더니 머리가 아팠다.

"팔갑. 산책이라도 가자."

"네."

팔갑은 나를 따랐고, 나는 천천히 정원을 걸었다.

지금 내가 있는 곳은 손님들을 위해 개방된 정원이었기에 생각만큼 삼엄하지는 않았다.

그때 저 앞에 누군가가 있었다.

이필 무사다.

잠시 외출한다고 하더니 이곳이었구나.

그런데 그 앞에는 한 중년의 여자가 서 있었다. 얼마 전에 봤던 여자다.

당수빈 소저의 말이 떠올랐다.

"제 막내 숙부님의 첫째 숙모님이세요. 현재 숙부님께서는 무림맹에 파견을 나가 계시지만 숙모님들은 이곳에 계시거든요."

그 말은 즉, 이필 무사에게는 큰어머니라는 거구나.

그때 그녀의 목소리가 들렸다.

"대체 뭘 더 얻어먹으려고 온 것이냐?"

"그런 것 아닙니다."

"아니긴 뭘 아니냐? 그 어미의 그 아들이라고 염치가 없어. 염치가!"

"제 어머니를 욕하지 마십시오."

"분명 조웅이가 납치당할 뻔했을 때 본가에 들어올 수

있는 기회라고 생각했겠지. 내가 모를 줄 알았느냐?"

그 말에 나는 뭔가 한숨이 나왔다.

그 어미에 그 아들이란 말은 본인을 가리키는 것 같은데?

나는 마음이 언짢아졌다.

왜 가만히 있는 이필 무사를 건드리지 못해서 난리인지 모르겠다.

어찌 보면 불안하기 때문에 이러는 거겠지.

뭐가 그렇게 불안할까?

이필 무사는 그녀의 말을 단호하게 받아쳤다.

"착각하지 마십시오. 저는 이 가문으로 돌아올 생각은 추호도 없습니다."

"네 말을 어찌 믿느냐? 분명 다시 돌아와서 내 아들의 앞길을 막을 속셈이 분명하……."

"저는 형님들, 아니 그들의 앞길을 막을 생각 없습니다. 그자들의 앞길을 막는 건 스스로겠죠."

"뭐? 뭐라고?"

"할 말은 다 하신 것 같으니 저는 가 보겠습니다."

그리고 이필 무사는 그대로 등을 돌렸다.

"저, 저저! 멈춰! 멈추라고!"

하지만 그는 멈추지 않고 우리가 머무는 별당이 있는 곳으로 향했다.

나는 그녀가 발을 동동 구르며 악을 쓰는 모습을 조용히 지켜보았다.

"저 자식은 왜 갑자기 나타나서는…… 아직 정신을 못 차렸네. 사금파리 밥을 더 먹어야 정신 차리려나."

그 말에 나는 피식 웃었다.

어이가 없었다.

이필 무사가 사천당가에 있었을 때 식사에 이물질을 넣는 식으로 괴롭힘을 당한 것이 아닌가 추측했었는데, 진짜였어?

그리고 그 범인이 저 이필 무사의 큰어머니였어?

와…….

심한 욕이 나오려는 것을 눌러 참았다.

그녀는 씩씩거리며 돌아갔고, 그제야 팔갑이 존재감을 드러내며 말했다.

"왠지 이필 무사님이 불쌍합니다요."

"나도 같은 생각이야."

잠시 생각하던 나는 팔갑에게 말했다.

"아무래도 숙부님의 집으로 가는 건 며칠 미루어야 할 것 같네. 아직 해야 할 일이 남아 있거든."

"혹시 그 일이?"

"응. 네 생각이 맞아."

더는 이필 무사를 건드리지 못하게 할 뿐만 아니라, 과거의 학대에 대해 사과도 받을 생각이다.

·
·
·

그날 밤.

나는 이필 무사에게 다가가 말했다.

"잠시, 대화 좀 할까요?"

"네."

이필 무사와 함께 인적이 드문 곳으로 갔다. 주변에 아무도 없는 것을 확인하고는 그에게 조용히 말했다.

"오늘 이필 무사님이 큰어머니였던 분과 대화하는 것을 보았습니다."

"아……."

이필 무사는 난감한 듯한 표정으로 고개를 숙였다.

"불민한 모습을 보였습니다. 송구합니다."

"아닙니다. 사정을 알고 있는데 어찌 사과를 받겠습니까? 사실, 제가 간과할 수 없는 말을 들었습니다."

"네?"

"이필 무사님이 자리를 뜬 후 큰어머니라는 분이 그러시더군요. 사금파리 밥을 더 먹어야 정신을 차리려나 라고."

"……."

내 말에 그의 표정은 급격하게 딱딱하게 굳어 버렸다.

"그 말을 통해, 이필 무사님의 특이한 식사 습관이 이해가 되더군요. 이곳에서 지낼 때 밥에 사금파리 같은 이물질이 들어 있던 것 아닙니까? 그래서 항상 배가 고팠던 것이겠죠."

그는 한숨을 내쉬곤 고개를 끄덕였다.

"맞습니다."

"어떻게 가족이라는 자들이……!"

"가족이라…… 저를 가족이라고 생각하지 않았기 때문에 그리하신 거겠지요."

"가족이 아니라도, 그러면 안 되는 일입니다."

내 말에 그는 쓴웃음을 지었다.

"저는 앞으로 사천당가의 사람들이 이필 무사님을 건드리지 못하게 할 생각입니다. 그리고 이필 무사님이 정식으로 사과를 받게 할 겁니다."

내가 이필 무사에게 대화를 요청한 건 이에 대해 허락을 받기 위해서다.

아무리 그를 위해서 행동한다고 해도 당사자는 이필 무사이다.

그러니 허락, 아니 통보는 해야 할 것 같았다.

"아닙니다. 저는 괜찮습니다."

그의 말에 나는 단호하게 고개를 저었다.

"이필 무사님은 제 호위무사입니다. 즉, 제 사람이라는 의미입니다. 그리고 저는 누구든지 제 사람을 함부로 하고 상처 주는 걸 보고만 있을 만큼 성격이 좋지 않습니다."

"……."

"제가 장담하건대, 그들은 이필 무사님이 어디에 있든지 계속해서 건드릴 겁니다. 그건 달갑지 않은 일이잖습니까?"

"그건, 맞습니다."

"그리고 아무리 지난날이라고 해도 사금파리가 들어 있는 음식이라니! 그 기억은 계속해서 상처가 되어 마음을 병들게 할 겁니다."

"……."

"정말, 사과 받고 싶은 생각이 없으십니까?"

잠시 말이 없던 이필 무사가 무겁게 입을 열었다.

"사과…… 받고 싶습니다."

그의 감정은 격해졌다.

"그리고 따지고 싶습니다. 내가 뭘 그리 잘못했냐고! 나는 그저 태어났을 뿐인데…… 그리고 가문에서 배우고 익히라고 하여 그리했을 뿐인데…… 왜 그랬냐고…… 내가 그리도 미웠냐고 한 번이라도 묻고 싶습니다."

나는 미소 지으며 대답했다.

"그 말. 유념하겠습니다."

나는 사과를 받는 것에서 그칠 생각은 없다.

이왕 판을 키우는 거, 합당한 처벌을 받아야 진정한 사과가 되는 거 아닐까?

대화를 마치고 내 방에 돌아온 나는 머리를 굴리기 시작했다.

어떻게 하면 이 일을 깔끔하고 시원하게 해결할 수 있을지 생각하던 나는 이내 눈을 빛냈다.

좋은 방법이 떠올랐다.

．
．
．
다음 날.

나는 가주님을 찾아갔고, 한 가지 요청을 했다.

"혈독귀 배두갑의 공범이 아직 남아 있을 수도 있습니다. 제가 가문의 일원들과 면담을 하여 그 공범을 찾아내는 일에 도움을 드리고 싶습니다."

"자네가 내 뜻을 모르는 것도 아닐 테고, 무엇을 위해서인가?"

역시 가주님이다.

그렇다면 순순히 이유를 밝히는 게 현명하다.

"사실, 누군가가 자꾸 제 호위인 이필 무사를 건드려서 말입니다."

나는 자초지종을 이야기했고, 가주님은 가만히 나를 바라보셨다.

"제 목적을 위해 가뜩이나 혼란스러운 가문에 또 다른 혼란을 가져온다는 것이 탐탁지 않으실 겁니다."

"……."

"하지만 엉킨 실타래를 풀어야 나중에 탈이 없을 것 아닙니까?"

"……."

"가주님께서 저에게 써 주시기로 한, 도움을 주겠다는 확약이 담긴 문서를 지금 쓰겠습니다."

내 말에 가주님은 고개를 저었다.

"그럴 필요 없네. 자네는, 참 좋은 주군이군."

"네?"

"이필, 그 녀석이 드디어 편하게 머물 수 있는 곳을 찾게 되어서 다행이네."

가주님은 옅은 미소를 지었다.

"자네의 말대로 엉킨 실타래는 풀어야지. 그 와중에 피를 보는 것도 아니니 자네가 타는 금에 어울려 노래 한 곡 불러 주지."

"감사합니다."

가주님의 허락도 받았겠다, 명분을 얻은 나는 차례대로 가문의 일원들과 면담을 하기 시작했다.

이필 무사의 큰어머니였던 여자, 그러니까 고연 부인과의 면담은 여섯 번째였다.

나는 팔갑과 이필 무사, 그리고 서우 무사를 대동하고 고연 부인의 처소로 향했다.

오전에 미리 가주님이 모두에게 말을 전해 놓은 덕분에 내가 방문하는 이유에 대해서 설명하지 않아도 되었다.

"어서 오…… 세요."

고연 부인은 내 뒤에 서 있는 이필 무사의 모습을 보곤 잠시 머뭇거렸다.

"안으로 들어오세요."

"감사합니다."

그런데 이필 무사를 보고 반응을 보인 자가 고연 부인 뿐만이 아니었다.

시녀와 하녀들도 이필 무사를 보고 흠칫한 것.

흘깃 이필 무사를 보니, 그 표정이 매우 딱딱했다.

우리는 접빈실 안으로 들어갔고, 이필 무사가 나에게 말했다.

"저 시녀와 하녀들은 아직도 큰어머니 옆에 붙어 있군요."

"……."

"어머니께서는 금방 돌아가시고 저는 큰어머니의 아래에서 자랐습니다. 그때 큰어머니와 함께 저를 참 많이도 괴롭혔던 이들입니다."

나는 잠자코 그의 말을 들었다.

"어찌 보면 큰어머니보다 더…… 했습니다."

내 짐작이 맞았다.

저들 역시 고연 부인이 이필 무사를 괴롭힐 때 동조했던 거다.

아니, 고연 부인이 그리 명했더라도 그 마음에 측은지심이 있다면 어느 정도 괴롭힘의 강도를 조절했을 거다.

아니면 괴롭혔다고 거짓말로 보고하거나.

사천당가의 혈족임에도 고연 부인의 허락이 있었으니 다른 혈족에게 쌓인 화를 이필 무사에게 풀었겠지.

그러니 큰어머니보다 더했다는 거다.

나는 두 가지 방법을 놓고 고민했다.

첫 번째는 시녀와 하녀들이 고초를 당하는 방법이고,

두 번째는 그렇지 않은 방법이니까.

방금까지만 해도 시녀와 하녀들은 그 상관인 고연 부인의 지시대로 한 것뿐인데 고초를 당하게 하는 것이 너무한 것이 아닌가 싶었다.

하지만 방금 저들의 반응과 이필 무사의 설명에 내 생각이 바뀌었다.

첫 번째로 정했다.

나는 모두에게 슬쩍 손가락 하나를 펴서 보여 주었다.

그걸 본 팔갑과 두 무사는 고개를 끄덕였다.

그때 문이 열리며 고연 부인이 들어왔고 다과를 든 시녀가 뒤따랐다.

우리 네 사람 앞에 각자 차와 과자 세 조각이 놓였다.

"이렇게 가문의 은공께서 친히 방문해 주시니 감사하네요. 그래서 무엇을 물어보실 생각인가요?"

"별건 없습니다. 그냥 이런저런 이야기나 하면서 시간을 때우는 거죠. 하하하."

그렇게 나는 이런저런 담소를 나누며 차를 마시고 과자를 먹었다.

그리고 미리 말한 대로 이필 무사는 과자에 손을 대지 않았다.

"이필 무사는 그 과자, 남긴 겁니까?"

"네."

"그럼 제가 먹어도 됩니까?"

"그렇게 하십시오."

나는 이필 무사의 몫으로 나온 과자를 집어 먹었다.

"윽!"

나는 과자를 먹고 나서는 통증을 느낀 것처럼 가슴을 부여잡았다.

그런 나를 보며 팔갑이 당황한 얼굴로 물었다.

"왜 그러십니까요? 도련님?"

"갑자기 가슴이 아파지…… 우욱!"

내 입가에서 피가 주르륵 흘렀고, 그 모습에 서우 무사가 놀라 소리쳤다.

"이, 이런! 주군! 괜찮으십니까? 주군?"

이필 무사는 고연 부인을 향해 소리쳤다.

"이게 대체 무슨 짓입니까?"

고연 부인이 당황하며 손을 거칠게 내저었다.

"아, 아니야. 나, 나는…… 나는 안 그랬어……."

그리고 팔갑은 즉시 밖으로 뛰어나가 소리쳤다.

"아이고, 우리 도련님 죽네! 얼른 의원을 불러 주십시오! 독을 드신 것 같습니다요! 우리 도련님이 위급하시단 말입니다요!"

그 소리를 들은, 순찰하던 무사들은 즉시 의원을 불렀고 일은 일사천리로 진행되었다.

내가 독을 먹었다는 말에 단화대원들이 출동하여 고연 부인과 그 시녀 및 하녀들을 추포하였다.

그리고 독화당에서 사람들이 나왔는데 그중 하나가 당수빈 소저다.

이곳에서는 중독 증상에 대해서는 의원이 아닌 독화당에서 맡아 해독하기 때문이다.

"은공께서는 감미독(甘味毒)을 드셨어요."

감미독은 무색무취의 독으로써, 단맛이 난다는 것이 유일한 특징인 독이다.

하여 주로 과자에 넣어서 사용한다.

그렇다.

이 음독 사건은 내 자작극이다.

나는 이필 무사의 과자를 집는 척하면서 몰래 과자에 독을 바른 것.

여기에는 비밀리에 가주님의 명을 받은 당수빈 소저의 조력이 있었다.

그 조력이 없었다면 내가 무슨 수로 감미독에 대해서 알고 또 손에 넣을 수 있을까?

"다행히 목에 걸고 계셨던 특별 신분패 덕분에 독이 몸 전체에 퍼지지 않을 수 있었어요."

당수빈 소저는 나에게 단환을 주었다.

"해독제예요. 어서 드세요."

"감사합니다."

나는 그것을 먹으며 이마를 찌푸렸다.

"쓰네요."

"약인데 당연히 쓰죠."

그녀는 나를 향해 입꼬리를 살짝 올렸다가 얼른 내렸다. 방금 먹은 해독제는 그냥 원기회복단이다.

웅담이 들어 있어서 쓴 건가?

서우 무사가 말했다.

"그럼 어디에 독이 있던 겁니까?"

"여기, 이 과자에서만 독이 검출되었습니다."

"그건 이필 무사님의 과자인데……."

이필 무사가 고개를 끄덕였다.

"네, 제 과자가 맞습니다. 하지만 저는 그 과자를 먹지 않았고 주군께서 제 과자를 먹었습니다."

"그렇다면."

나는 말을 이었다.

"고연 부인께서 이필 무사를 없애기 위해서 이런 짓을 벌였다는 의미입니까?"

"아버지께 보고 드려야겠네요."

.

.

.

나는 별당으로 돌아가 침상에 누웠다.

내 몸은 아주 멀쩡하다 못해 활기가 넘쳤다.

당수빈 소저가 준 원기회복단이 진짜 좋은 건가 보네.

하지만 표면적으로 나는 지금 독에 중독되었다가 간신히 회복 중이라는 설정이다.

그때였다.

"가주님께서 드십니다."

곧 문이 열리고 가주님이 들어오셨다. 그리고 침상 옆

에 앉으며 말씀하셨다.

"꾀병도 병이라고, 그 시늉을 하려면 제법 힘들지."

"차 한 잔 드시겠습니까?"

"그냥 누워 있도록 하게나. 표면적으로 환자이니."

"가주님의 배려에 감사드립니다."

"그래서, 이제 내가 뭘 도와주면 되는 건가?"

"징벌회를 열어 주십시오."

내 말에 가주는 피식 웃었다.

"그거 아나?"

"……?"

"자네가 이 사천당가에 온 후로 벌써 세 번째로 열리는 징벌회라는 것을 말이야."

"많은 겁니까?"

"보통 징벌회는 한 달에 한 번 열릴까 말까 하지."

많이 열리긴 열렸구나.

하긴 징벌회가 자주 열리면 그건 그것대로 문제겠지.

.

.

.

다음 날이 되었다.

팔갑이 말해 주길, 오늘 오전에 징벌회가 열린다는 방이 어제부터 곳곳에 붙었다고 한다.

고연 부인의 자녀들은 비금대의 당준령 조장을 포함하여 모두 세 명이라고 했다.

나는 그들 중 한 명이라도 어머니를 구명하기 위해 나와 이필 무사를 찾아올 줄 알았다.

하지만 기다리고 기다려도 고연 부인의 자녀들은 별당에 코빼기도 비추지 않았다.

왜 그녀가 했던 말, 그 어미에 그 자식이라는 말이 떠오르는 걸까?

·

·

·

나는 팔갑과 호위무사들, 그리고 당수빈 소저와 함께 연무장으로 향했다.

징벌회가 열리기 때문이다.

그런데 당조웅이 나와 함께 가겠다고 별당으로 왔다.

"제가 은공을 지킬 겁니다!"

주먹을 꽉 쥐며 그렇게 외치는데, 양심이 따끔거렸다.

내가 미안하다. 조웅아.

연무장으로 향하던 나는 당준령 조장을 마주했다. 그런데 그 표정은 평소와 같았다.

그 모습에 이필 무사가 그에게 말했다.

"큰어머니가 걱정되지 않으시는 모양입니다."

"걱정? 내가 왜 어머니를 걱정해야 하지?"

"……!"

뜻밖의 말에 나는 내가 잘못 들었나 싶었다.

"잘못을 어머니가 했지, 내가 했느냐? 쯧쯧, 왜 그렇게 경솔하게 일을 벌여서는…….”

그렇게 혀를 차며 말하고는 내게 묵례를 하고 징벌회가 열리는 연무장으로 향하는 그 모습에 나는 기가 막혔다.

내가 잘못 들은 게 아니었구나.

참 자식 농사 잘 지으셨네요.

옆에 서 있던 당수빈 소저 역시 나와 다를 바 없는 표정이었다.

“평소 저렇게 안 봤는데…….”

우리는 연무장에 당도했고, 마련된 의자에 앉았다.

내 옆에는 이필 무사를 비롯하여 내가 독을 먹은, 아니 음독 자작극을 벌였던 현장에 있던 자들이 앉았다.

그리고 내 앞쪽에 당수빈 소저가 앉았다.

곧 동백회의 일원들이 도착하며 징벌회가 시작되었다.

탕! 탕! 탕!

그 소리에 모두의 이목이 가주님에게 집중되었다.

“지금부터 징벌회를 시작하겠다. 죄인들을 데리고 오라.”

“네!”

곧 징벌당의 무사들이 고연 부인을 비롯하여 그 시녀들과 하녀들을 데리고 왔다.

하룻밤 사이에 많이 초췌해지셨네.

“죄인들의 죄목에 대해 보고하라.”

그 말에 가주님의 부관이 두루마리를 펼쳤고, 그 죄목

을 읽기 시작했다.

이번에는 누군가의 고발이 아닌, 일어난 사건에 대한 것이니만큼 그 진행 방식이 달랐다.

"고연 부인은…… 이필 무사의 과자에 독을…… 그 독을 은서호 공자가……."

부관이 말을 마치며 두루마리를 접었다.

가주님이 고개를 돌리며 말했다.

"죄인은 이에 대해 반론하라."

고연 부인이 격렬하게 반발했다.

"저는 죄가 없습니다. 저는 저 자식…… 아니, 이필 무사의 과자에 독을 넣지 않았습니다."

"그렇다면 지금까지 한 번도 그리한 적이 없다는 것이냐."

"물론입니다. 제가 넣은 건 사금파리 같은 것밖에 없었…… 헉!"

그녀는 자신의 입을 막았지만, 이미 들을 사람은 다 들은 후다.

나는 속으로 씨익 웃었다.

스스로의 입으로 자신의 죄를 말하는 것. 이게 내가 원하던 그림이다.

"사금파리?"

가주님의 반문에 그녀는 당황한 얼굴로 어쩔 줄 몰라 했다.

그녀도 아는 거다.

자신이 죄를 실토하고 말았음을.

이내 가주님의 추상같은 추궁이 이어졌다.

"죄인은 설명해라."

"저…… 그게……."

그녀가 망설이자, 가주님은 다른 시녀와 하녀들에게 말했다.

"이에 대해 너희들도 알고 있겠지? 이에 대해 먼저 실토한 자는 감형해 주지."

그 말이 끝나기 무섭게 한 시녀가 소리쳤다.

"제가 압니다!"

"말해 보라."

"사실, 이필 무사님이 본가에 있을 때 부인의 지시로 이필 무사님의 밥에 사금파리나 벌레, 그리고 쥐 등을 넣었습니다."

그 말에 그 모습을 지켜보던 이들이 웅성거렸다.

그 웅성거림은, 분노의 웅성거림이다.

가주님이 다시 물었다.

"몇 번이나 그리했느냐?"

"……칠 년 동안……."

그 말에 가주님을 눈을 감았다. 그 표정에서 침통함이 느껴졌다.

그건 다른 동백회의 이들 역시 마찬가지였다.

그때였다.

"시녀님께서는 부인의 지시가 아님에도 수시로 이필 무사님께 모욕적인 말을 했고, 그 아버지인 당두정 대주님께서 주신 용돈이라든지 패물 같은 것을 빼돌렸습니다."

그 옆에 있던 하녀의 폭로다.

분명 너만 빠져나가는 것을 두고 볼 수는 없다는 거겠지.

그러자 그 시녀가 반박했다.

"그러는 너희들도 도련님들이 이필 무사님을 때릴 때 그거 보면서 깔깔대면 웃었잖니? 그리고 겨울에 화롯불을 주지 않고 직접 나무를 해서 숯을 만들라면서 조롱했던 거 내가 기억하거든."

점점 가면 갈수록 가관이네.

동백회의 이들 중 하나인 당대정 대주가 혀를 차며 말했다.

"이필이 왜 가문을 나갔나 했더니…… 가문을 박차고 나갈 만했군."

그 말에 다른 이들도 고개를 끄덕였다.

내가 사천당가에 왔을 때 이필 무사를 보는 이들의 눈빛이 별로 우호적이지 않음을 느꼈었다.

그건 당씨 성을 가지고 태어났음에도 사천당가를 버린 자에 대한 경멸의 눈빛이었다.

하지만, 지금 그 분위기는 바뀌었다.

이필 무사에 대한 동정과 이해의 목소리가 군중들에게서 넘쳐흐르고 있었다.

가주님은 그녀들에게 말했다.

"그렇다면 이필 무사의 과자에는 독을 넣지 않았다는 말인가?"

“네.”

“그렇습니다.”

“그럼, 이필 무사가 당씨 성을 버리지 않았을 당시, 그를 괴롭힌 것에 대해서는 인정하는가?”

그 말에 고연 부인은 입술을 깨물었다.

지금 무척 곤란할 거다.

하지만 그녀는 어쩔 수 없이 자신의 죄를 인정해야 했다.

이미 폭로전을 벌였으니 더는 자신의 죄를 부인할 수 없는 거다.

“이, 인정합니다.”

“우선, 이필 무사에게 무릎을 꿇고 사과하도록 하라.”

그 말에 고연 부인은 입술을 깨물었다.

하지만 이내 한숨을 내쉬고는 이필 무사에게 고개를 숙였다.

“미안하다. 내가 어리석어서 너를 힘들게 했다.”

“…….”

하지만 이필 무사는 대답하지 않았다.

가주님은 다른 시녀와 하녀들에게도 사과할 것을 명했고, 그녀들 역시 무릎을 꿇고 사죄했다.

“죄송합니다.”

“저희가 큰 잘못을 저질렀습니다.”

하지만 이필 무사는 여전히 묵묵부답이었다.

가주님은 말을 이었다.

"사과해야 할 자들은 또 있다. 당준령, 당해령, 당충령. 이렇게 세 사람도 이필 무사에게 사과해야 한다."

그 말에 당준령이 발끈하여 소리쳤다.

"저희가 왜 사과를 해야 합니까?"

"맞습니다. 저희는 잘못한 것이 없습니다."

"저희는 당시, 그 녀석이 심심해하는 것 같아서 잠시 놀아 준 것뿐이라고요."

그 말에 가주의 손이 부들부들 떨렸다.

분노하고 있는 거다.

그가 일갈하려고 했지만, 그보다 먼저 호통을 친 자가 있었다.

"이런 천하의 망나니 같은 새끼들을 보았나! 뻔뻔하기가 그지없구나!"

엉?

뭔가 낯이 익은 목소리인데?

곧 연무장의 인파를 가르며 나타난 그 모습에 나는 깜짝 놀랐다.

만결의선이다.

"어르신?"

그런데 가주님이 만결의선을 보더니 놀란 표정으로 그를 불렀다.

"아버지!"

아버지? 아버지라고?

그리고 보니 당수빈 소저가 그랬다.

태상가주는 지금 외유 중이라고.

그럼 외유 중이었던 태상가주가 만결의선이었던 건가?

와…….

이전의 삶에서는 전혀 몰랐던 사실이다.

어쩐지.

그를 처음 봤을 때 느껴졌던 기도가 장난이 아니긴 했는데.

함께 사천당가에 가자고 했을 때, 내 청을 거절했던 이유가 이거였구나.

만결의선의 등장에 모든 이들이 부복하였다.

"태상가주님을 뵙습니다."

만결의선은 그 인사를 받는 둥 마는 둥 하며 외쳤다.

"이 망나니 같은 새끼들! 썩 나오지 못할까?"

그 호통에 고연 부인의 세 아들은 미적거리며 연무장 가운데로 나왔다.

"그동안 나는 너희들이 이필이를 괴롭히는 것을 보면서 언젠가 잘못을 깨닫고 돌이킬 거라고 믿었다. 하지만 아니었다. 너희는 끝까지 이런 식이구나."

"저희가 이필을 괴롭힌 건 어머니가 시켜서였습니다."

"맞아요!"

"어머니가 이필을 괴롭히라고 해서 그런 것뿐이었습니다. 그런 저희에게 무슨 죄가 있습니까?"

아까와는 말이 다르다.

괴롭히지 않았다는 말이 통하지 않을 듯하니, 이제는

어머니를 팔아먹는 거다.

그 말에 고연 부인은 충격 받은 표정을 지었다.

"내, 내가 언제 너희들에게 이필 무사를 괴롭히라고 시켰다는 거냐?"

나는 그 모습을 보며 속으로 혀를 찼다.

참 사이좋은 모자지간이네.

"갈(喝)!"

만결의선이 기운을 담아 소리치자, 웅성거림은 금세 잦아들었다.

"사천당가에 이런 인성을 가진 이들이라니! 내가 부끄럽다. 이필이도 너희들에게는 사과 받고 싶어 하지는 않을 듯하구나."

그 말에 이필 무사는 고개를 끄덕였다.

"하여 나는 태상가주의 권한으로 너희들에게 오 년 동안 징벌동에서 자숙할 것을 명하는 바이다."

그 말에 당준령 형제들은 깜짝 놀라 그 자리에 엎드렸다.

"태상가주님, 아니 할아버님! 그건 아니잖습니까?"

"잘못했습니다! 제발 징벌동만은!"

"제가 다 잘못했습니다."

대체 뭘 믿고 그렇게 뻔뻔하게 나왔던 걸까?

그 뻔뻔한 이들이 저렇게 손이 발이 되도록 싹싹 비는 것을 보니 징벌동이라는 곳이 무서운 곳이긴 한가 보다.

하지만 만결의선은 그 명을 거두지 않았다.

"징벌당의 무사들은 뭘 하는가? 어서 형을 집행하라!"

"네!"

그렇게 세 형제는 징벌동으로 끌려갔다.

그 모습을 지켜보던 가주님이 나섰다.

"고연 부인과 다른 죄인들은 들으라."

그 말에 모두 고개를 조아렸다.

"고연 부인과 다른 죄인들이 이필 무사에게 했던 일은 사천당가의 기강을 무너트린 짓이며 또한 가문의 아이를 소중히 여기라는 선조의 유지 역시 무시한 일!"

"……."

"더구나 무척 잔인한 방법으로 아이를 괴롭혀 결국 사천당가를 떠나게 했다. 나는 이 일을 좌시할 수 없다. 하여 고연 부인과 다른 죄인들 역시 징벌동에서 오 년 동안 자숙할 것을 명한다."

그 말에 고연 부인과 시녀들 그리고 하녀들이 손을 싹싹 빌었지만, 그 명이 번복되는 일은 없었다.

"아까 가주님께서 먼저 실토하면 감형해 주신다고 했습니다."

시녀의 말에 가주님이 피식 웃으며 답했다.

"물론이다. 약속은 지켜야지. 너에게는 오 년에서 일각을 감한 형을 내린다."

"네? 일각이요?"

"나는 감형해 준다고만 했을 뿐, 얼마나 감형해 줄 것인지는 말하지 않았다."

"아……."

시녀는 허탈한 표정을 지었다.

만결의선은 이필 무사에게 다가가더니 고개를 숙였다.

"미안하다."

"아, 아닙니다! 태상가주님께서 어찌 저에게 고개를 숙이십니까?"

이필 무사는 놀라서 손사래를 쳤다.

"네가 이런 괴로움을 겪은 건 내가 제대로 정리를 하지 않았기 때문이니까."

그 말에 가주님 역시 이필 무사에게 말했다.

"나 역시 잘못이 있다. 이제야 이 일을 이제야 바로잡았으니 말이다."

그들의 말에 이필 무사가 고개를 저었다.

"아닙니다. 두 분은 저에게 있어 참으로 감사한 분입니다. 제가 가문을 나가 사는 것이 허락된 것이 두 분의 덕분임을 압니다."

"……."

"그러니 두 분께 감사할 따름입니다."

이필 무사는 그들에게 깊게 고개를 숙였다.

그러곤 몸을 바로 세웠다.

이어서 고개를 돌려 고연 부인과 시녀와 하녀들을 보며 말했다.

"큰어머니와 다른 분들께 묻고 싶었던 말이 있었습니다."

"뭐, 뭐가 묻고 싶었니?"

고연 부인의 물음에 이필 무사가 말했다.

"제가 뭘 그렇게 잘못했습니까? 단지 태어났을 뿐이고 저 역시 같은 사람인데…… 어찌도 그리 잔인하게 대하셨습니까?"

"……."

"어른들에게 이끌려 온 어린아이가 뭘 안다고……. 제가 그렇게 미웠습니까?"

"……미안하다."

"죄송합니다."

"죽을죄를 지었습니다."

그녀들은 다시 사죄했지만, 이필 무사는 고개를 저었다.

"저는 사과를 받아들이지 않겠습니다. 저는 아직 그때의 일을 잊을 자신이 없기 때문입니다. 언젠가 제가 밥을 뒤적이는 버릇이 사라진다면 그땐 모르겠지만 말입니다."

"……."

말뿐인 사과이기는 하지만, 그래도 조금은 응어리진 것이 풀린 듯했다.

그런데 이필 무사는 저들에게 사과를 받고 싶다고 하지 않았나?

하긴, 사과를 받고 싶다고 했지 사과를 받아들이겠다고는 하지 않았으니까.

나 같아도 저들의 죄를 용서하지 못할 듯하다.

어린아이는 무궁한 가능성을 가진 존재이며 이 세상의

미래다.

하지만 저들은 단지 눈에 거슬린다는 이유로, 힘이 없다는 이유로, 저항하지 못한다는 이유로, 그 가능성과 미래를 짓밟아 버린 거다.

그 누구도 그럴 권리는 없다.

이제 슬슬 마무리를 지어야겠지.

나는 당수빈 소저를 보며 신호를 보냈다. 그러자 그녀가 자리에서 일어났다.

"아버지. 사실, 은서호 공자가 독을 먹은 일에 대한 자세한 조사 결과가 나왔습니다."

"그렇냐?"

"네. 이필 무사의 과자에서 독이 나왔던 건, 은서호 공자의 옷소매에 묻어 있던 독 때문이었습니다."

"그러면?"

"네. 무혐의입니다."

하지만 이에 대해서는 이미 사람들은 관심이 없었다.

고연 부인과 다른 이들은 허탈한 표정으로 징벌당의 무사들에 의해 징벌동으로 끌려갔다.

그렇게 징벌회는 이필 무사와 관련된 진실을 밝히며 끝이 났다.

이제 더는 이필 무사를 건드릴 사람은 없겠지?

그럼 슬슬 사천지부로 돌아가야겠다.

28장. 행화학당(杏花學堂)

행화학당(杏花學堂)

그날 밤.

마당에 서 있던 내게 이필 무사가 다가왔다.

"주군."

"네?"

"오늘 감사했습니다."

이필 무사는 내게 깊게 허리를 숙였다.

"주군 덕분에 이제야 진실을 알릴 수 있었으며, 제 억울함을 밝힐 수 있었습니다. 그리고 사과 역시 받을 수 있었습니다."

"그럼 다행이네요. 상처받았던 일을 모두 잊으라고는 말할 수 없어요. 그게 마음대로 되는 건 아니니까요. 그래도 과거에 얽매이지 말고 저와 함께 앞으로 나아가셨으면 하네요."

내 말에 이필 무사는 내 앞에 부복했다.

"……?"

"이 부족한 이필, 목숨을 바쳐 주군을 따르겠습니다."

.

.

.

다음 날, 분주하게 짐을 싸고 있을 때 별당에 방문한 손님이 있었다.

"어르신!"

만결의선이다.

어제 징벌회가 끝나고 사라지셨는데, 이렇게 별당으로 오신 거다.

"어르신께서 사천당가의 태상가주셨을 거라고는 생각도 하지 못했습니다."

"쯧쯧, 생각보다 둔하구나."

"네?"

"내가 사천당가의 사람이 아니면 어떻게 내공역병과 칠보산공독이 사천당가의 독임을 알았겠느냐?"

어?

생각해 보니 진짜 그러네?

"아, 그런데 이필 무사님은 어르신이 사천당가의 태상가주시라는 것을 몰랐나요?"

"사실, 잘 몰랐습니다. 어릴 때 딱 한 번 뵈었고, 그 후로 시간도 많이 흐르고 해서 말입니다."

"그랬군요."

만결의선은 웃으며 말했다.

"게다가 내가 기운을 숨기고 있었으니, 알아차리지 못했을 거다."

그래서 나도 어르신이 사천당가의 사람임을 알아차리지 못했던 거다.

"내 규정이에게 모든 이야기를 들었다. 뭔가 재밌는 일이 생길 것 같아서 와 보긴 했는데, 일도 보통 큰일이 아니었구나. 정말 고맙다."

그리 말하는 만결의선에게서는 진심이 느껴졌다.

"아, 어르신께 드릴 것이 있습니다."

나는 내가 가지고 있는, 혈독귀 배두갑이 설치했던 진짜 증거를 그에게 건넸다.

"이건 무엇이냐?"

내 설명에 만결의선은 감탄 가득한 눈빛으로 나를 보았다.

"아무튼, 그건 어르신이 알아서 하십시오."

"귀찮으니 나에게 넘기는구나."

"네. 맞습니다. 다만 부탁이 있습니다."

"뭐냐?"

"그거 제가 드렸다는 거 비밀입니다."

.
.
.

나와 여응암 무사, 그리고 이필 무사는 가주님께 문서를 받았다.

전에 약속했던 '사천당가에 손해가 없고, 또 사천당가가 도움을 주어도 무방한 일에 한하여 도움을 주겠다는 확약이 담긴' 문서다.

그 문서를 받고, 별당으로 돌아가는 길에 당대정 대주님을 만났다.

"대주님을 뵙습니다."

"그래, 오늘 돌아간다지?"

"네. 그동안 이것저것 폐만 끼친 듯하여 송구합니다."

"아니네. 본가는 자네에게 참 많은 은혜를 입었네. 나야말로 감사하는 바이네."

그리 말한 당대정 대주님은 나에게 은근한 목소리로 물었다.

"그런데 자네, 혹시 마음에 둔 정인이라든지 약혼을 한 상대가 있는가?"

"네? 아직 없습니다만······."

"그렇군. 알겠네."

뭐지? 나 뭔가 실수한 것 같은데?

아무튼, 대화를 마치고 별당에 돌아오자 나를 배웅하기 위해 당수빈 소저와 당조웅이 와 있었다.

그리고 뜻밖의 인물들도 있었다.

당수빈 소저의 세 오라버니다.

아니, 아직 몸도 성치 않은 셋째 공자는 대체 왜 오신 거야.

나는 그들의 배웅을 받으며 사천당가를 떠났다.

이런저런 복잡한 일들이 많아서 피곤했지만, 이번에도 무림맹의 계획을 방해했다는 사실에 무척 기분이 좋았다.

편안한 마차를 타고 사천당가 무사들의 호종을 받으며 은해상단 사천지부에 도착했다.

"다녀왔습니다."

"그래, 잘 다녀왔느냐?"

"네. 숙부님."

나는 숙부님과 숙모님, 그리고 형님들과 려옥이에게 인사를 하고 내가 묵고 있던 방에 들어갔다.

그리고 한숨을 내쉬며 팔갑에게 말했다.

"팔갑아. 내일 을진 상단으로 출발이다."

"네? 솔직히 인간적으로 하루 이틀은 좀 쉬어야 하는 것 아닙니까요?"

"나도 쉬고 싶거든."

하지만 쉴 시간이 없었다.

이곳에서 해야 할 일은 많은데, 생각보다 당가에서 시간을 많이 썼기 때문이다.

이제 곧 연말이다.

"그래도 새해는 가족들과 함께 맞이해야지. 안 그래? 금령아?"

내 물음에 내 소매 속에서 금령이 꿀꿀 하며 웃었다.

* * *

무림맹.

그곳에서 암기술의 훈련교관을 맡고 있는 당두정은 사천당가에서 온 서신을 받았다.

그 내용은 그에게 있어 참으로 씁쓸했다.

자신이 사랑했던 여인 사이에 낳은 아들, 당이필.

그를 학대했던 정황이 밝혀졌고 이에 가담한 자들에게 오 년 동안 징벌동에 가두는 형벌이 내려졌다는 소식이다.

그는 눈을 감고 한숨을 내쉬었다.

그건 지난날에 대한 회한이 담긴 한숨이다.

자신은 무공에만 미쳐 있었기에 가족들에 대해 제대로 신경 쓰지 못했었다.

나중에, 당이필이 가문을 뛰쳐나갔을 때에야 비로소 무슨 일이 있었는지를 알게 되었다.

하여 형님에게 가문에서 당이필에 대한 수색령을 내리지 않도록, 가문과 연을 끊을 수 있도록 해 달라고 부탁했다.

하지만, 이렇게까지 잔인하게 당이필을 괴롭혔음은 알지 못했다.

죽지 않고 버틴 것이 용했다.

그는 이필에게 너무나도 미안했다.

자신이 좀 더 신경을 써 줬더라면, 그랬다면, 그렇게
상처만 가득 안고 가문을 뛰쳐나가지 않았을 터.
그는 서신을 계속해서 읽어 나갔다.

[그리고 이번에 수빈이를 무림맹에 보낼 생각이었지
만, 보내지 않기로 했다. 내가 강제로 보내지 않은 것이
아니라 스스로 가지 않겠다는구나.]

그 말에 당두정은 고개를 갸웃했다.
불과 얼마 전에 보낸 서신에는 무림맹에서 활약하길 기
대하는 마음이 가득했었는데 말이다.

[조만간 본가에 오너라. 아버지께서 돌아오셨고, 널 보
고 싶어 하신다.]

그동안 외유 중이셔서 몇 년 동안이나 보지 못했던 아
버지께서 돌아오셨다는 말에 그의 눈이 커졌다.
조만간 본가에 가야 할 듯했다.

[네 아들, 이필은 무척이나 훌륭하게 자랐더구나. 그
리고 무척이나 훌륭한 주군 아래에서 호위무사로 일하고
있는데 벌써 일류의 경지에 올랐다. 네 젊었을 적을 보는
것 같더구나.]

그 말에 자신도 모르게 미소가 지어지는 건 어쩔 수 없었다.

부인과 세 아들이 징벌동에 유폐된 것이 가슴이 아프고 안타까웠지만, 그동안 죄를 뉘우치길 바랐다.

그리고 언젠가 아들을, 이필을 볼 수 있을 것 같다는 생각이 들었다.

* * *

나는 빠르게 일을 마무리 짓고, 상단으로 돌아와 가족들과 같이 새해를 보냈다.

그러다 보니 어느덧 북경으로 가야 할 때가 되었다.

을진 상단을 감찰한 결과를 황제에게 보고해야 했기 때문이다.

하여 내가 자리를 비워도 지장이 없도록 일을 정리하고 있었다.

"국주님."

고개를 들어 보니 여창의 부관이 다 죽어 가는 얼굴로 나를 부르고 있었다.

"네."

"이것 좀 봐 주십시오."

여창의 부관은 비척비척 다가와 나에게 서류를 내밀었다. 나는 그것을 살펴보고는 그에 맞게 지시를 내렸다.

다시 비척비척 걸어가 자리에 앉는 그를 보다가 고개를

돌려 옆의 서탁 앞에 망부석이 되어 일하는 이들을 보며
귀밑을 긁적였다.

지금 현풍국에서 사무를 보는 직원은 여창의 부관을 비
롯하여 두 명이다.

하지만 일이 많아지면서 망부석 신세를 면치 못하고 있
는 거다.

아무래도 직원을 몇 명 더 충원해야겠네.

며칠 후.

북경으로 출발할 날이 되었다.

내 호위무사가 네 명이나 되었으니, 따로 나를 호위할
무사들은 필요 없었다.

게다가 서우 무사와 진유 무사는 절정의 고수다.

웬만한 문파의 장로나 호법에 준하는 수준이니 내 신변
을 걱정할 필요는 없었다.

"가서 네 고모와 그 식구들에게 안부를 전해 주거라."

아버지의 말에 나는 고개를 끄덕였다.

"네, 알겠습니다."

이번에 북경에 가서 고모님 댁에 머무를 계획이다.

"조심히 다녀오거라."

나는 모두의 배웅을 받으며 북경을 향해 출발했다.

.
.
.

북경에 도착한 나는 곧바로 연준상단으로 향했다.

그러자 고모님이 직접 나와 나를 반겨 주었다.

"어서 오너라."

"오랜만에 뵙습니다."

"그래, 전에 선일이가 급제했을 때 보고 정말 오랜만에 보는구나."

"고모부는 건강하시죠?"

"그럼."

"선일 형과 선미도 건강합니까?"

"물론이지."

"고모님도 건강해 보이니 다행입니다."

"그래, 먼 여로에 고생 많았다. 가서 씻고 쉬거라."

"네. 감사합니다. 아! 이거 조부님과 아버지의 서신입니다."

고모님은 서신을 따로 챙기고는 나를 처소로 안내해 주었다.

저번 선일 형에 대한 무림맹의 더러운 수작으로 인해 연준상단이 어려워질 뻔한 적이 있었다.

그때 나는 북경의 인맥을 동원하여 새로운 거래처를 연결해 주었다.

그런데 그 거래처가 커지면서 덩달아 연준상단 역시 성장했다.

그래서인지 고모님께서는 조카를 아끼는 마음에 그에 대한 고마움까지 더하여 나를 대해 주셨다.

안 그러셔도 되는데 말이지.

처소에서 씻고 나온 나는 모처럼 고모님 가족들과 함께 저녁을 먹었다.

그 자리에서 선일 형의 근황을 들을 수 있었다.

"그럼 지금 한림원에서 일하고 있는 겁니까?"

"그래."

한림원은 황제의 칙령을 다듬거나 황제의 명에 의해 서적을 출간하기도 하며 황제의 자문 역할을 하는 곳이다.

특히 기밀 문서를 다루는 곳이니만큼 과거에서 뛰어난 성적을 거둔 이들이 주로 한림원에 배속되었다.

내가 알기로는 황자들의 교육을 맡는 이들도 한림원 소속이다.

아무튼, 한림원은 유망한 인재들이 모이는 곳이다.

당연히 고관이 될 확률도 높고.

지금 선일 형은 종육품인 수찬으로 일하고 있다고 한다.

전시에서 장원을 했으니 당연한 결과다.

"형님, 출세하셨네요."

내 말에 선일 형은 멋쩍게 웃었다.

"그, 그런가? 하지만 이 나라를 태평성대로 만드는데 내가 보탬이 된다니 하루하루가 즐겁구나."

그리 말하는 선일 형의 표정은 정말 밝아 보였다.

전에 내가 밀담을 엿듣기 위해 호수에 들어가고, 또 황제에게 독대를 청하여 과거 시험의 형식을 바꾸었던 보람이 있네.

그때 선미가 새초롬한 표정으로 나에게 말했다.

"서호 오라버니께서는 어찌하여 선일 오라버니에게만 관심을 두십니까?"

"하하하, 미안미안. 변명 같지만, 너도 많이 보고 싶었어. 그래 요즘 어떻게 지내고 있니?"

"변명 같지만 믿겠습니다."

선미는 조금 풀린 듯한 목소리로 말을 이었다.

"저는 요즘 아버지와 함께 상단의 일을 배우고 있습니다."

"그래?"

내 말에 고모부가 말을 이었다.

"선미가 나를 닮아서 그런지 상재가 있단다."

그 말에 나는 고개를 끄덕였다.

내 지난 삶에서도 선미는 고모부의 뒤를 이어서 상단 일에 뛰어들었다.

그리고 제법 훌륭하게 일을 처리했고, 고모부의 뒤를 이어 상단의 후계자가 되었다.

지금은 다소곳하게 앉아 있었지만, 사실 왈가닥도 선미만큼 왈가닥이 없다.

어릴 때 검을 들고 병사 놀이를 하곤 했으니까.

그리고 샌님 같은 선일 형을 누군가 괴롭히면 그녀가 득달같이 달려들어 결판을 내곤 했다.

그걸 보면 욱하는 성격이 있는 것 같았지만, 또 그렇지

만도 않았다.

계산해야 할 땐 머릿속으로 재빨리 주판을 튕기는 약은 면도 있었다.

훗날, 선일 형이 냉소적인 성격으로 변했을 때 선미 역시 무척 마음 아파했다.

아무튼, 그런 선미의 미래를 알기에 나는 미소 지으며 대답했다.

"너라면 잘해 낼 거야. 응원할게."

.

.

.

다음 날,

나는 황제에게 방문하겠다는 전갈을 보내 놓은 후 북경의 저자로 나갔다.

북경에는 유명한 서책 거리가 있다.

글을 아는 이들이 가장 많은 곳이 북경이니만큼, 온갖 서책들이 모이는 곳인데 그곳을 방문할 생각이다.

일전에 사천당가에서 유용하게 썼던 춘화집이 섞여 들어온 서책이 이곳에서 주문한 서책이었기 때문이다.

잘못 들어온 서책을 돌려줄 수 없게 되었으니, 그 값을 치러야 두 발 뻗고 잘 수 있을 것 같았다.

뭐 겸사겸사 새로운 서책도 보고.

서책 거리는 다른 곳과는 달리 호객꾼들이 없이 무척이나 조용하다.

아마도 서책 거리를 찾는 이들의 성향이 그런 번잡한 것을 싫어하기 때문일 거다.

나는 내가 서책을 주문했던 서점에 들어갔다.

"어서 오십시오."

점소이가 나를 맞아 주었다.

"찾으시는 서책이 있으면 말씀해 주십시오."

그리고 하던 일을 계속했는데, 옆에 서 있으면 손님이 부담스러워하기 때문일 거다.

나는 그에게 다가갔다.

"서책 주문을 담당하는 분이 누구십니까?"

"무슨 일 때문에 그러십니까?"

"저번 여름에 이곳에서 주문했던 서책 중 제가 주문하지 않은 서책이 섞여 들어왔었습니다."

"아! 그렇습니까? 번거롭게 해서 송구합니다. 잠시만 기다리십시오. 그건 주인 아저씨께서 담당하셔서."

그는 곧 점주를 불러왔다.

점소이에게 설명을 들었는지, 그 점주가 장부를 펼치며 나에게 물었다.

"이거 송구합니다. 어디의 누구십니까?"

"호북성 은해상단의 은서호입니다."

사실 서책을 구하는 일은 북경에 오가는 은해상단의 이들에게 부탁해도 되는 일이긴 하다.

아직 북경에 은해상단의 지부가 없지만, 그래도 상행을 위해 일 년에 여섯 번 이상은 북경에 오가곤 했으니까.

하지만 개인적인 일로 인해 번거롭게 하기는 싫었다.

남의 심부름이 얼마나 신경 쓰이는 일인데.

장부와 주문서를 확인한 점주는 고개를 끄덕였다.

"정말 그렇군요! 여기 이……."

점주가 서책 이름을 말하려고 할 때 나는 얼른 말을 꺼내 그 입을 막았다.

그 춘화집 이름, 듣기만 해도 민망하단 말이지.

그리고 내 옆에는 팔갑과 호위들도 있다.

"아무튼, 그 서책 두 권 말입니다. 그걸 보자 하도 민망하여 그만 참지 못하고 태워 버렸습니다."

"하긴, 그러셨군요. 그럴 만도 합니다."

"하여 그 값을 물어 주려고 합니다."

내 말에 점주는 그 옆에 쓰인 가격을 말해 주었고, 나는 주머니에서 돈을 꺼내어 내밀었다.

"여기 있습니다."

"감사합니다. 일부러 이렇게 오셔서 서책값을 주시니 참으로 감사합니다."

"같은 상인끼리 그러면 안 되는 일이니까."

"다른 상인들도 손님만 같으면 걱정이 없지요."

뭔가 뼈가 있는 말이다.

그렇게 서점에서의 일을 처리하고 나온 나는 서책 거리를 둘러보기 시작했다.

제법 흥미로운 서책들이 많았다.

그때 누군가 내 눈에 띈 자가 있었다.

한 청년이었다.

가장 먼저 눈에 띈 건 가죽이 뚫릴 정도로 닳고 닳은 완대였다.

보통 그 정도가 되면 완대를 새로 살 텐데, 그 완대를 아직도 하고 있다는 건 재정적으로 어렵다는 의미겠지.

완대를 비롯하여 손가락에 먹물 자국이 그대로 있다는 건 먹물 좀 먹는 직업이라는 거다.

그는 서책방 주인과 이야기하고 있었다.

"여기, 부탁하신 서책입니다."

"역시 완벽하게 해 왔군. 여기 약속한 보수네."

"감사합니다."

그 모습을 봤을 땐 그냥 지나가는 인연이겠거니 했다.

하지만 누군가 그랬던가?

아무 약속 없이 하루에 세 번 만나면 그건 필연이라고.

내가 그를 두 번째 마주친 건 내가 무심코 들른 한 서책방이었다.

"혹시 일거리가 생기면 꼭 좀 불러 주십시오."

"알겠네. 나야 자네가 항상 첫 번째지."

"감사합니다."

그건 일거리를 부탁하는 모습이었다.

그리고 세 번째로 만난 건, 한 강가에서였다.

"으아아앙!"

한 아이가 강에 빠져 허우적거리고 있었고, 강가에서

한 아이가 발을 동동 구르며 울고 있었다.

"살려 주세요! 제 동생이 물에 빠졌어요! 으아아앙!"

아무래도 얼음 위에 올라가서 놀다가 얼음이 깨지며 물에 빠진 듯했다.

하지만 그 상황에서 선뜻 나서는 이들이 없었다.

그도 그럴 것이 그냥 강도 아니고 얇은 얼음이 깔린 강이다.

어른이 얼음에 올라가면 그대로 빠지는 것은 물론이고 본인이 위험해질 터.

그때였다.

오늘 두 번이나 보았던 그 청년이 자신의 몸에 밧줄을 매며 외쳤다.

"제가 아래로 내려가면 밧줄을 끌어 올려 주실 분 계십니까?"

그 말에 나는 얼른 달려가 말했다.

"제가 도와드리겠습니다."

호위들과 팔갑도 나를 따라 나섰고, 그 청년은 겁도 없이 다리에서 내려갔다.

우리는 천천히 그 청년을 다리 아래로 내려 주었다. 그 사이 허우적거리던 아이는 기력이 빠졌는지 점점 가라앉았다.

"금령!"

나의 부름에 소매 속에 있던 금령이 쏜살같이 물속으로 뛰어들었다.

곧 아이의 몸이 떠올랐다.

금령이 몸으로 아이를 밀어 준 거다.

덕분에 청년이 구하러 가는 사이 아이는 빠져 죽지 않을 수 있었다.

"이제 끌어 올려 주십시오!"

그렇게 우리는 아이를 구할 수 있었다.

하지만 안심할 수는 없었다.

아이의 입술이 새파래졌고, 덜덜 떨고 있었다.

나는 아이의 형에게 말했다.

"네 동생이 저체온증으로 큰일 날 수도 있으니까 여기 객잔에 잠시 머물러야겠다."

나는 아이를 안고 근처의 객잔으로 달려갔고, 은자를 내밀며 즉시 목욕할 수 있는 따뜻한 물을 준비해 달라고 했다.

물에 흠뻑 젖어 새파래진 입술로 덜덜 떠는 아이를 본 객잔의 점소이는 얼른 이 층의 객실로 안내했다.

뒤따라 온 점소이가 욕조에 뜨거운 물을 부었다.

적당한 온도가 되자, 그 안에 아이를 넣었다.

좀 시간이 지나자 그제야 새파랬던 아이의 입술에 혈색이 돌기 시작했다.

"이제 안심해도 되겠네."

"정말 감사합니다."

"집이 어디니? 데려다줄게."

두 아이의 집은 근처에서 멀지 않았다.

팔갑의 품에 안긴 아이를 본 아이의 어머니가 놀라서 달려왔다.

"이, 이게 대체 어찌 된……."

"얼음 위에서 놀다가 빠졌습니다. 하여 한 청년께서 구하셨습니다. 지금은 괜찮으니 걱정 마십시오."

"아이고! 감사합니다. 그나저나 구해 주신 분은……?"

"다 닳은 완대를 차고 다니던 청년이었습니다. 머리카락은 질끈 묶은 분인데……."

"아! 보욱 거인께서 제 아이를 구해 주셨군요. 그리고 아이를 이렇게 데려다주셔서 감사합니다."

"아시는 분입니까?"

내 물음에 그녀는 안도의 한숨을 내쉰 뒤에 고개를 끄덕였다.

"물론입니다. 이 근방에서 제법 유명하신 분이죠."

거인이라 하면 향시에서 합격한 자를 뜻한다.

"필사 일을 하는 분인데, 평이 좋고 많이들 찾으시더군요."

"그렇군요. 알려 주셔서 감사합니다."

그녀에게 인사를 남기고는 그 청년이 서책을 납품했던 곳으로 추정되는 서책방으로 향했다.

아이의 어머니가 알고 있을 정도로 유명하다는 필사 솜씨가 궁금했기 때문이다.

"어서 오십시오."

내가 입은 곳이 고급 옷이라서인지 서책방의 점주가 나를 대하는 태도가 무척이나 공손했다.

"혹시 여기, 보욱 거인이 필사한 서책이 있습니까?"

"역시 소문을 듣고 오셨군요. 여기 있습니다."

나는 점주가 내미는 서책을 받아 펼쳐 보았다. 그리고 속으로 깜짝 놀랐다.

이게 진짜 손으로 쓴 거라고?

내 손에 들린 서책의 필체는 무척이나 정갈하고 일정하였다.

서책을 만들기 위해서 인쇄를 하긴 하지만, 사실 인쇄하여 만든 서책보다 필사한 서책이 더 인기가 많다.

아무래도 인쇄한 서책은 중간중간 인쇄가 불량한 것들이 있곤 했기 때문이다.

아직까지 활자 인쇄는 정확도도 떨어지고, 그 비용도 너무 비싸다.

하여 주로 황궁에서 찍어서 배포하는데, 수많은 이들의 수요에 부응하기에는 턱없이 부족했다.

그렇기에 필사하여 제작되는 서책들이 더 많았다.

"이런 서책을 부탁하면 얼마나 걸립니까?"

"이틀이면 됩니다."

"네?"

그 말에 나는 진짜 놀랐다.

내가 보고 있는 서책은 제법 두꺼웠고, 그걸 필사한다는 건 어려운 일이다.

내가 볼 때 한 칠 주야는 걸릴 듯했다.

그런데 이틀이면 된다니!

"놀라시는 것도, 믿지 못하시는 것도 이해합니다. 그런데 사실입니다. 보욱 거인의 특기가 바로 속필이거든요."

그 말에 내 눈이 빛났다.

인재다.

그것도 나에게 꼭 필요한 인재다.

우리 현풍국의 규모가 커지면서 자료를 필사하여 보관하는 일이 꽤나 부담이 되고 있었다.

그의 속필 능력을 서책 거리에서 뺏는 건 좀 미안하지만 나도 좀 살고 봐야겠다.

그리고 보기 좋고 빠르게 필사를 할 수 있다는 거지, 이 사람이 없다고 서책 필사가 안 되는 건 아니니까.

나는 그 청년이 살고 있다는 곳으로 향했다.

서책방 주인의 말에 의하면 그 청년은 한 객잔에서 장기 투숙 중이라고 했다.

벌써 오 년째 객잔에 머물고 있다던가?

그 말은 두 번이나 회시에서 낙방했다는 의미다.

그리고 나는 이곳저곳 그에 대해 수소문했고 속필이 특기라는 것이 사실임을 확신했다.

이것도 인연인지, 그가 머무는 객잔은 아까 물에 빠져서 몸이 꽁꽁 언 아이의 체온을 올리기 위해 따뜻한 물을 요청했던 곳이었다.

그 객잔에 들어가자 마침 보욱 청년이 식탁 앞에 앉아 있었다.

"아!"

그 청년은 나를 보더니 얼른 달려왔다.

"아까 도와주셔서 정말 감사합니다. 그런데 아이는 괜찮습니까?"

"네. 괜찮습니다. 방금 보호자에게 인계하고 오는 길입니다."

"감사합니다."

"당연히 도와드렸어야 하는 일이라고 생각합니다. 본인도 위험해질 수 있는 상황에서 그렇게 용기를 내시다니! 정말 대단하십니다."

"위험에 빠진 자를 보면 응당 행동해야 하는 법이라고 생각되어 그리했을 뿐입니다."

나는 웃으며 말했다.

"아, 그러고 보니 통성명도 못 했군요. 제 이름은 은서호입니다. 은해상단에서 현풍국의 국주로 있습니다."

"제 이름은 보욱(甫彧)입니다. 저를 소개할 변변한 건 없습니다. 향시에서 급제하고 이곳에 와서 회시를 준비하고 있습니다."

향시에 붙었을 정도면 학식도 있고, 곧바로 그 상황에서 밧줄을 이용하는 것을 보면 임기응변 능력도 좋은 듯하다.

그리고 아이를 구하기 위해 서슴없이 뛰어드는 인성에

다가 뛰어난 속필 능력까지.

탐난다.

보욱 청년은 두 팔을 비볐다.

"갑자기 춥네요. 하하하."

"저런, 몸이 좋지 않으신 모양입니다."

"뭐, 겨울이니까요."

"사실 저는 오늘 대협이라고 할 수 있는 분을 만나서 무척 기쁩니다."

"대, 대협이라니요?"

"위험을 무릅쓰고 아이를 구하기 위해 나선 보 공께서 대협이지 누가 대협이겠습니까?"

내 말에 보욱은 뺨을 붉적이며 무척 쑥스러운 표정을 지었다.

"그, 그렇게 말씀하셔도 저는 대협이라는 칭호를 받기에 민망합니다."

그리 말하지만, 얼굴은 참 솔직하다.

입꼬리가 위로 올라가 있으니 말이다.

"이렇게 대협을 만났으니 제가 식사를 대접하죠."

그리고 점소이를 향해 말했다.

"이 객잔에서 가장 자신 있는 요리가 무엇입니까?"

"동파육과 피단 요리입니다."

"그걸로 부탁합니다."

그리고 보욱 청년과 식탁에 마주 앉았다.

팔갑과 호위 무사들은 옆 식탁에 앉았다.

이런저런 이야기를 하는 동안 요리가 나왔고, 술도 한 병 시켰다.

"한 잔 드시지요."

"잘 먹겠습니다."

한 잔 두 잔 술이 들어가자 보욱 청년의 입에서는 속마음이 술술 나오기 시작했다.

"그럼 대협께서는 더 높은 관직에 뜻을 두고 계신 겁니까?"

"솔직히 그걸 위해 상경했지만, 날이 가면 갈수록 제 길이 아님이 느껴지니 슬퍼집니다."

"가족은 어떻게 되십니까?"

"어머니와 형이 있습니다. 시골에서 농사를 짓고 계시지요. 그래서 더 미안한 마음입니다. 저의 출세만 오매불망 기다리고 있을 텐데 말입니다."

"그렇군요. 걱정이 크시겠습니다. 그런데 말입니다. 대협께서 높은 관직에 뜻을 두고 계신 직접적인 이유가 무엇입니까?"

"그건…… 가족들이 편하게 살았으면 해서입니다. 가족들이 농사를 지으며 살고 있기는 하지만, 형편이 좋은 건 아닙니다. 저도 그렇고 가족들도 조금 넉넉하게 살았으면 좋겠습니다."

예상대로였다.

"제 글공부를 뒷바라지하느라 힘들게 살고 계시니, 어서 이 생활을 끝내야 할 텐데 말입니다."

공부한다는 건 돈이 한두 푼 드는 게 아니다.

문방사우를 비롯하여 서책도 무척 비쌌으니까.

그렇게 투자를 하여 과거 공부를 하는 건 더 나은 삶을 살고 싶다는 희망 때문이다.

물론 명예나 권력을 위해 과거 공부를 하기도 하지만, 보통은 더 나은 생활을 위해서다.

"아까 말씀드렸듯이 저는 은해상단의 현풍국주입니다. 그리고 저희 현풍국에서는 대협 같은 인재를 찾고 있습니다."

"인재라니요. 저는 번번이 낙방하는 낙방거사일 뿐입니다."

"아닙니다. 제가 보는 대협이야말로 저희 상단에서 찾고 있는 인재입니다."

나는 말을 이었다.

"저는 현풍국의 서기로 대협을 고용하고 싶습니다. 월봉으로 은자 여덟 냥을 드리지요."

"네? 으, 은자 여덟 냥이라니! 농담이 지나치십니다."

쌀 한 섬에 은자 한 냥이니, 은자 여덟 냥이면 쌀 여덟 섬을 살 수 있다.

보통 성인 남자가 일 년에 먹는 쌀이 한 섬이다.

이 정도 월봉은 관리가 되어도 품계가 꽤나 올라가야 가능할 정도다.

그러니 보욱 청년이 놀라는 것이 당연했다.

"저는 그런 것으로 농담하지 않습니다."

"저는 제 분수를 알고 염치를 압니다. 제가 무슨 능력이 있어 그렇게 많은 돈을 받고 일을 합니까?"

"솔직히 말씀하시지요."

나는 피식 웃으며 말했다.

"제 말을 믿지 못하신다는 것 아닙니까?"

"그, 그건……."

보욱 청년은 고개를 끄덕였다.

"사실 그렇습니다."

하긴, 나 같아도 보욱 청년의 입장이었다면 믿지 못했을 거다.

하지만 신뢰를 보여 주면 결국 넘어오는 법이다.

"그럼 이렇게 하죠."

"……?"

탁.

나는 그 앞에 은자 한 냥을 놓았다.

"이건 제가 대협을 만난 인연으로 먼저 드리겠습니다. 그리고 저에 대해 알아보시고, 저를 믿을 수 있다 생각되시면 연준상단으로 찾아오시면 됩니다. 제가 바빠서 사흘 뒤에는 이곳을 떠나야 하니 그전까지만 찾아오십시오."

큼직한 미끼를 달아 낚싯대를 던졌다.

이제 남은 건 기다리는 것뿐이다.

.

.

.

다음 날,

나는 황제의 부름을 받고 황궁으로 향했다.

황제의 집무실로 직접 가서 보고서를 제출하고 이런저런 질문에 응답하는 것으로 알현을 끝냈다.

그리고 돌아가던 중 익숙한 얼굴과 마주했다.

"어? 선일 형님?"

"응? 서호 아니냐? 이 시간에 황궁에는 무슨 일로……아! 일전에 네가 말했던 작풍기 관련한 일 때문이구나."

"맞습니다. 지금 황제 폐하를 알현하고 돌아가는 길입니다."

"이곳에서 이렇게 만나니 반갑구나!"

"저도 그렇습니다."

선일 형은 나를 안내하던 내관에게 말했다.

"여기는 내 사촌 동생입니다. 이렇게 황궁에서 만난 기념으로 정원을 구경시켜 주고 싶습니다. 내가 황궁 바깥으로 배웅할 터이니 이만 돌아가셔도 됩니다."

"그럼, 그리하겠습니다."

내관은 인사를 하고 물러갔다.

선일 형이 웃으며 말했다.

"따라와라. 황궁의 정원을 구경시켜 주지."

선일 형의 말에 나는 조심스레 물었다.

"저도 그곳에 가도 됩니까?"

"네 허리의 출입패는 멋으로 단 건 아니지 않느냐?"

하긴, 출입패가 있으면 금군이 특별히 지키는 곳이 아

니면 황궁의 어디든 갈 수 있었다.

"그리고 이 황궁에서 가장 볼만한 곳이 그곳이니까."

선일 형과 함께 간 황궁의 정원은 온갖 기화요초와 기암괴석이 오묘하게 배치되어 있어 보는 맛이 있었다.

"어때? 멋지지?"

"정말 멋지네요."

"사실 말이지. 황궁에서 근무하다 보니, 가족들과 같이 이곳을 함께 거니는 게 참 좋아 보이더라."

선일 형의 말이 무슨 말인지 알 것 같았다.

황궁에는 아무나 출입할 수 없다.

당연히 황궁에 출입할 수 있는 출입패를 지녀야 했다.

관직을 지닌 이들은 상시출입패를, 비정기적으로 출입하는 이들은 그 기간에 맞춰 출입패를 발급받았다.

즉, 선일 형의 말은 황궁 출입 자격을 얻은 부자지간이나 다른 형제가 함께 정원을 산책하는 게 부러웠다는 말이다.

"형님도, 이게 부러우셨으면 미리 말씀하시지 그러셨습니까?"

"험, 험험, 부럽지는 않았다."

어쨌든 이렇게 좋은 구경을 시켜 줬으니, 오늘 하루 열심히 어울려 줄 생각이다.

이런저런 이야기를 주고받다 보니, 어제 내가 구해 주었던 아이에 대해서도 얘기하게 되었다.

"그런 일이 있었구나."

"네. 형님."

"그 시간에 강에서 놀고 있었다니. 그 아이들은 그다지 풍족한 집안의 자제들은 아니었던 듯하구나."

"네?"

"부유한 집안의 자제들이라면 학당에서 글을 익히거나 무관에서 무술을 익히는 시간이니까."

"아! 그러고 보니 그렇군요."

선일 형의 말대로다.

"그래서 우리와 같은 관리들이 더 힘써야 하지만, 솔직히 역부족이다."

"……."

"빈한하여 배우지 못하는 이들 중에서도 분명 조정에서 원하는 인재가 있을 터인데 말이다."

그렇게 정원을 구경하고 있을 때 문득 그런 생각이 들었다.

이전에 무림맹에서 황궁에 사람을 집어넣으려고 했던 시도를 무산시킨 일은 정말 잘한 일이라고.

무림맹의 야욕을 저지시켰다는 것도 있지만, 선일 형의 얼굴에서 생기가 넘쳤으니까.

마치 물 만난 물고기 같다고나 할까?

하지만, 과연 무림맹에서는 황궁에 사람을 집어넣으려는 시도를 멈출까?

아니다.

무림맹에게 있어 황궁은 가장 경계해야 할 곳.

결코, 황궁에서 세력을 키우려는 노력을 멈추지 않을 것이다.

그렇다면 나 역시 황궁에 내 사람을 만들어 놔야 했다. 그래야 무림맹이 일을 벌일 때 이를 견제할 수 있을 테니까.

그뿐만이 아니다.

황궁의 정보는 천하제일 상단을 꿈꾸는 나에게 있어 무척이나 귀중한 정보다.

내가 이렇게 황궁에 출입하게 된 이유는 소금 유통법에 대해서 미리 알고 있었기 때문이다.

즉, 정보를 이용한 거다.

하지만 황궁의 정보에 대해서 많이 알지는 못한다.

황제가 나를 신임하고 있다고는 하나, 상단 출신 인물로서 신뢰하는 정도이다.

황궁의 정보를 알려 주고, 나와 상단의 힘이 되어 줄 고위 관료가 있다면 얼마나 든든하겠는가.

하지만 황궁의 이들을 내 사람으로 만드는 건 무척이나 힘든 일이다.

고위직일수록 욕심이 그득해서 웬만한 돈으로는 꿈쩍도 하지 않으니까.

게다가 황제의 눈치를 봐야 하니 섣불리 미끼를 덥석 물지도 않고 말이다.

그렇다고 하급 관리를 포섭하자니, 그들이 주는 정보가

썩 쓸모 있지는 않았다.

그때 오늘 들었던 선일 형의 말이 떠올랐다.

"빈한하여 배우지 못하는 이들 중에서도 분명 조정에서 원하는 인재가 있을 터인데 말이다."

좋은 생각이 났다.

그럴 바에는 아예, 처음부터 은해상단의 돈으로 은혜를 입혀 버리는 거다.

즉, 학당을 세워서 인재를 길러 내어 정정당당하게 황궁에 들여보내는 거지.

그리고 빈한하지만, 머리가 좋은 이들이나 재주가 좋은 이들을 후원하는 거다.

여기에는 아주 좋은 명분도 있다.

상단이 돈을 벌어 제 배만 채우는 것이 아니라, 이 나라를 위해 애쓴다는 것.

선일 형은 나를 보며 고개를 갸웃했다.

"갑자기 왜 그러느냐?"

"아닙니다. 경치가 무척 아름다워서 살짝 넋을 잃었을 뿐입니다."

"싱겁기는."

정원 구경을 마치고 선일 형은 나를 황궁 출입구까지 배웅해 주었다.

"그럼 이따 저녁에 보도록 하자꾸나."

"네. 형님."

앞에서 기다리고 있던 팔갑과 호위무사들이 나에게 다가왔고 나는 그들과 함께 연준상단으로 향했다.

．

．

．

내 방에 돌아온 나는 즉시 아버지께 보내는 서신을 작성했다.

그리고 내 소매 속의 금령을 불렀다.

"금령아."

"꾸이?"

"심부름 하나 해 줄래?"

"꾸?"

"이 서신, 아버지에게 전해 줄래? 대신 이거 줄게."

나는 주머니에서 은자 하나를 꺼내어 흔들었고, 그걸 보자 금령은 폴짝 뛰어서 내 손에 들린 은자를 덥석 물었다.

그리고 꿀꺽 삼켰다.

돈 먹었으니, 이제 일해야지?

나는 금령의 꼬리에 서신을 매달아 주었고, 금령은 창문을 통해 쏜살같이 날아갔다.

다음 날,

금령은 아버지의 답장을 꼬리에 매달고 돌아왔다.

나는 서신을 풀어서 펼쳐 보았다.

답은 간단했다.

[회의 결과는 꽤나 긍정적이었다. 이에 대해 논의하여
세부사항을 정해야 할 듯하구나.]

역시, 내 예상대로다.

그나저나 보욱 청년에게 준 시간제한은 내일까지다.

하지만 나는 크게 걱정하지 않았다.

그는 무조건 찾아올 테니까.

* * *

보욱은 고개를 들었다.

동이 트고 있었다.

전날 밤, 그는 한숨도 자지 못했다.

그가 강에 빠진 한 아이를 구해 주었을 때 그를 도와
함께 아이를 구했던 미청년 때문이었다.

그 미청년의 이름은 은서호.

그는 자신에게 제법 많은 월봉을 제시하며 상단에서 일
해 줄 것을 제안했다.

하지만 믿을 수 없었다.

자신의 무엇을 보고 그 많은 월봉을 주면서까지 데리고

가려고 한단 말인가?

솔직히 처음에는 화가 났다.

오 년째 번번이 회시에서 낙방하는 자신을 놀린다고 생각했으니까.

일종의 자격지심이다.

함께 아이를 구한 그가 그럴 리가 없는데도 그리 생각한 것을 보면 오 년의 과거 준비 기간이 그를 피폐하게 만든 것이 틀림없었다.

하지만 진지한 표정으로 계속해서 말하는 은서호를 보며 자신을 놀린다는 게 아님을 깨달았지만, 여전히 믿을 수 없었다.

부끄럽지만 그동안 사기를 당한 전적이 제법 있기 때문이다.

과거 시험의 시제를 출제한 전직 고위관리가 강의한다는 말에 거액의 수강비를 냈더니 사기였다.

머리가 좋아진다고 해서 거액을 내고 사서 먹은 단환역시 사기였다.

그렇게 몇 번 사기를 당하니 더더욱 은서호의 말을 믿을 수가 없는 거다.

그런 그에게 은서호는 은자 한 냥을 내밀며 말했다.

"이건 제가 대협을 만난 인연으로 먼저 드리겠습니다. 그리고 저에 대해 알아보시고, 저를 믿을 수 있다 생각되시면 연준상단으로 찾아오시면 됩니다. 제가 바빠서 사흘 뒤에는 이곳을 떠나야 하니 그 전까지만 찾아오십시오."

그리고 오히려 더 당당하게 자신에 대해 직접 알아보라고 했다.
은서호에게서는 자신감이 흘러넘쳤고, 왠지 햇볕에 빛나는 물결보다 더 반짝반짝 빛난다는 생각이 들었다.

그날부터 보욱은 은서호에 대해 주변에 알아보기 시작했다.

"아, 그 소단주 말인가? 자무인형을 만든 사람이지."
"작풍기 알지? 그게 그 현풍국주가 만든 거야."
"그 사람이 소단주가 되고 나서 은해상단이 급격히 성장했다지."
"응? 연준상단하고 무슨 관계냐고? 이번에 과거에 장원급제한 홍선일이라는 자의 어머니가 그 소단주의 고모더군."
"젊은 상인인데도 황제 폐하를 주기적으로 뵙는다고하지. 미래가 창창한 사람이야."

그 이야기를 종합해 보면, 참으로 놀라웠다.
호북성 소금 소매상인 은해상단의 막내아들이자 소단주였으며 현풍국주를 맡고 있었다.
그리고 불과 몇 년 사이에 자무인형과 작풍기, 자악금

을 개발해 판매했다.

다른 것을 차치하더라고 그 세 가지는 지금도 엄청나게 팔리는 물건이다.

그리고 저번에 황제의 극찬을 받으며 장원으로 급제한 홍선일이라는 자의 사촌 동생이기도 했다.

즉, 믿을 만한 인물이다.

그러니 더더욱 자신의 무엇을 보고 고용하고자 하는지 알 수 없었다.

그걸 고민하느라 꼬박 밤을 지새운 거다.

꼬르르륵,

그때 배에서 요란한 소리가 들렸고, 그는 머쓱한 표정으로 배를 쓰다듬었다.

"엊그제 거하게 먹었음에도 여전히 때가 되면 배가 고프구나."

그리 중얼거리며 아침을 먹기 위해 짐 속에 넣어 놨던 전낭을 찾았다.

하지만 전낭은 가벼웠다.

손바닥에 툭툭 털었지만, 전낭 안에 있던 건 은서호가 준 은자 한 냥뿐.

'아, 이번에 받았던 일당은 객잔비와 식대를 내느라 탈탈 털었지.'

그러나 은서호가 준 은자는 차마 쓸 수가 없어서 그냥 두었다.

배고픔에 서러워서인지 그 은자는 유난히도 반짝거렸다.

이런 자신의 신세가 뭔가 서글퍼졌다.

그렇지 않아도 시골에서 자신의 뒷바라지를 하는 어머니와 형 때문에 계속해서 회시를 준비하는 게 맞나 고민 중이었다.

그는 결심했다.

뭐가 어찌 되었든 배는 고프지 않았으면 했다.

그것이 그가 결심한 가장 큰 이유였다.

보욱은 자리에서 일어났고, 연준상단으로 향했다.

* * *

나는 은해상단 본단으로 돌아가기 위해 짐을 꾸렸다.

그나저나 보욱 청년은 언제쯤 오려나?

내가 그에게 은자 한 냥을 주면서 나에 대해 조사해 보라고 한 것은 내 평판에 자신이 있었기 때문이다.

내가 믿을 만하다는 것을 알게 되면 그때부터 고민이 시작될 거다.

대체 자신의 무엇을 보고 제법 큰 월봉을 제시하면서까지 상단에서 일해 줄 것을 원하는지 말이다.

하지만,

솔직히 그건 무의미한 고민이다.

고민할수록 수중에 돈이 없다는 현실이, 배가 고프다는 현실이, 미래가 보이지 않는 막막한 현실이 더 뼈아프게 다가올 테니까.

그리고 결국은,

"도련님, 전에 도련님께서 만나셨던 보욱 거인께서 찾아오셨습니다."

이렇게 새로운 가능성을 찾아 떠나는 것을 선택할 터.

나는 속으로 작게 미소 지었다.

"접빈실로 모셔."

"알겠습니다요."

.

.

.

잠시 후 접빈실에서 만난 보욱 청년은 불안한지 몸을 작게 떨고 있었다.

"드디어 오셨군요."

"아!"

그는 나를 보자 얼른 자리에서 일어났다.

"그렇게 과도한 예를 보이시지 않아도 됩니다."

"아, 아닙니다. 제 생각보다 더 대단하신 분이더군요."

"하하하."

나는 웃으며 말했다.

"이전에 말씀드렸듯이 저는 대협을 월에 은자 여덟 냥에 고용하고자 합니다. 대협께서는 이 제안을 수락하시겠습니까?"

내 물음에 그는 고개를 끄덕였다.

"수락합니다."

"그럼 이제 세부 조정을 하면 되겠군요."

은서호는 팔갑을 보았고, 그 시선에 팔갑은 들고 있던 넓은 서판을 탁자 위에 깔았다.

그리고 그 위에 서류 두 장을 놓았다.

"이건?"

"계약서입니다. 아시다시피 저는 상인이고, 상인들은 계약서에 의해 움직입니다."

"하지만 저는 신의를 저버리지 않습니다."

"압니다. 이건 저에 대한 구속이라고 할 수 있습니다. 이게 있어야 제가 대협의 월봉을 제때 줄 것 아니겠습니까?"

에둘러 말했지만, 솔직히 계약서란 서로를 구속하는 것이지 한쪽만 구속하지는 않는다.

잠시 생각하던 보욱 청년은 앞에 놓인 계약서를 읽기 시작했다.

은해상단의 각원들이 고용계약을 할 때 사용하는 기본 계약서이니 특별히 문제 될 부분은 없다.

"좋습니다. 계약하겠습니다."

"후회하지 않으시겠습니까?"

"네."

그의 확답에 나는 웃으며 말했다.

"은해상단 소속이 된 것을 환영합니다. 그럼 계약대로 향후 십 년간 잘 부탁드립니다."

은해상단의 고용계약은 십 년 단위다.

하지만 십 년 뒤에 계약을 연장하지 않는 자는 없다.

아무리 봐도 은해상단만큼 복지가 좋은 곳이 없거든.

"본단으로는 내일 떠납니다. 내일 오전까지 짐을 정리하여 오시면 됩니다."

"알겠습니다."

다음 날, 우리는 북경을 떠나 은해상단이 있는 호북으로 향했다.

올 때에 비해 일행이 한 명 더 늘었다.

그렇게 은해상단 본단에 도착한 나는 보옥 거인, 아니 보옥 서기에게 말했다.

"이곳이 은해상단입니다."

"대단하군요. 제가 오기를 잘한 것 같습니다."

감탄하는 그에게 말했다.

"숙소로 안내해 드리겠습니다. 오늘은 푹 쉬시고 내일 아침에 현풍국에 출근하시면 됩니다."

보옥 서기를 팔갑에게 인계한 나는 곧바로 아버지에게 향했다.

다녀온 것에 대해 보고하고 또 일전에 서신을 받은 것에 대해서도 이야기해야 했으니까.

"소자, 북경에 잘 다녀왔습니다."

"그래, 수고 많았다."

"오면서 현풍국에서 일할 만한 인재를 한 명 데리고 왔습니다. 월봉으로 은자 여덟 냥을 주기로 했습니다."

"상당히 많은 월봉이구나?"

"그 정도는 뽑아 먹고도 남을 정도의 인재니까요."

"네가 그리 말한다면, 그렇겠지. 현풍국은 네 담당이니 잘 해 보거라."

나는 황제를 만난 일에 대해서 보고한 후 살짝 숨을 돌렸다.

"아버지. 북경에 학당을 세우는 일에 대해서 은월각에서는 찬성한 것입니까?"

"서신을 보냈다시피 긍정적인 반응이었으니 사실상 찬성이라고 봐야겠지. 자세한 건 내일 회의에서 듣거라."

"네."

아버지 앞에서 물러난 나는 현풍국으로 향했다.

* * *

보욱은 정신을 차릴 수가 없었다.

은서호에 대해 조사하면서 은해상단이 큰 상단이라는 말은 들었다.

하지만 실제로 본 은해상단은 그가 상상했던 것보다 훨씬 더 대단했다.

팔갑은 그에게 상단의 이곳저곳을 안내해 주었다.

"이곳은 차장입니다요. 상행의 시작도 이곳이고 마무

리도 이곳입니다요."

"그렇군요."

"이곳은 은룡전입니다요. 상단의 중요한 분들이 계신 곳입니다. 현풍국도 저곳에 있죠."

"상당히 웅장합니다."

"저곳은 저희 상단을 지키는 은풍대가 있는 곳입니다요. 그리고 무공 수련을 위한 연무장도 있습죠."

"오오! 멋집니다!"

그렇게 이곳저곳 안내를 받는 그의 마음은 점점 설레기 시작했다.

자신이 은해상단에서 일하기로 한 결정은, 정말 잘 한 결정인 듯했다.

게다가 월봉이 은자 여덟 냥이다.

그 돈이면 자신뿐만 아니라 어머니와 형 부부까지 넉넉하게 살 수 있었다.

그렇게 은해상단을 한 바퀴 둘러 본 그들은 한 전각 앞에 도착했다.

오 층 높이의 전각 앞에는 매화숙사[梅花宿舍]라고 적힌 현판이 걸려 있었다.

"이곳이 서기님께서 묵으실 숙소입니다요."

그리고 팔갑은 문 안의 탁자에 앉아 있던 중년의 남자에게 인사했다.

"안녕하십니까요."

"아! 팔갑 소이!"

그 남자는 환하게 웃으며 그를 맞아 주었다.

은서호의 시종인 팔갑이다.

은해상단 내에서 그를 모르는 자는 없다고 봐야 했다.

"현풍국에서 일하게 된 보욱 서기님이십니다요. 방을 안내해 주십시오."

"알겠네."

그 중년의 남자는 사람 좋은 미소를 지으며 말했다.

"반갑습니다. 저는 이곳 매화숙사의 관리를 맡은 송민이라고 합니다. 저를 비롯해 숙사의 관리를 맡은 이들을 부를 땐 사관이라고 부르면 됩니다."

"보욱이라고 합니다. 잘 부탁드립니다. 송 사관님."

"부사관도 있는데 나중에 소개해 드리지요. 저를 따라오십시오."

팔갑은 보욱에게 인사하고 숙사에서 나갔고, 송민은 보욱을 데리고 삼 층으로 올라갔다.

그곳은 마치 객잔처럼 생긴 곳이었다.

"이곳이 보욱 서기님께서 지내실 곳입니다."

바깥에서는 좁아 보였지만, 막상 안으로 들어오자 생각보다 넓은 공간이었다.

이전에 지내던 객잔보다 몇 배나 더 넓었으며, 방도 하나가 아니라 두 개였다.

그리고 침상과 서탁, 다탁 등 기본적으로 필요한 것들은 다 갖추어져 있었다.

보욱은 감탄할 수밖에 없었다.

"무척 좋은 숙소입니다."

"이 숙사 제도는 저희 상단이 자랑하는 복지 중 하나입니다. 매난국죽, 이렇게 네 개의 숙사가 있고 각각 남녀가 철저하게 구분되어 있습니다."

"그렇군요. 그럼 모든 상단의 직원들이 이곳에서 지내는 겁니까?"

"그건 아닙니다. 원한다면 얼마든지 외부에서 살면서 출퇴근해도 됩니다만, 일인 일실이 원칙이라 혼인하면 모를까, 독신자 중에는 이곳을 나가려는 자가 거의 없습니다."

"그렇군요."

"그러다 보니 상단에 근무하는 직원들은 숙사에 들어오기 위해서 치열한 경쟁을 벌입니다만, 현풍국에서 일하는 자들은 특별히 그런 경쟁 없이 방을 배정받을 수 있습니다."

"네?"

그 말이 사실이라면, 자신은 편법으로 이곳에 묵게 되었다는 말이다.

'은서호 공자를 그렇게 안 봤는데…… 자신이 국주로 있는 현풍국 소속의 사람에게 편법으로 이런 혜택을 주다니.'

이에 대해 이곳을 관리하는 송민 사관의 입장에서는 짜증 나는 일일 터.

그런데 왠지 송민은 그런 기색이 없었다.

"그래도 되는 겁니까?"

보욱의 물음에 송민은 아주 당연하다는 듯이 말했다.

"네. 그래도 됩니다."

"어째서입니까?"

"그건……."

하지만 그는 말끝을 흐릴 뿐, 그에 대해 대답해 주지 않았다.

"그게 중요한 게 아니고, 이곳의 규칙에 관해 설명해 드리겠습니다."

송민은 숙사의 규칙에 대해 설명해 주었다.

"혹시 궁금한 게 있으면 얼마든지 물어보십시오."

보욱은 고개를 갸웃했다.

뭔가 좀 이상했지만, 그러려니 했다.

'그나저나 편법으로 이렇게 좋은 곳에 묵게 되었다니. 다른 이들에게 미안하군.'

그날 저녁.

그는 공동 식당으로 향했다.

그곳에서 무척이나 저렴한 가격으로 식사를 해결할 수 있었기 때문이다.

직접 가서 보니, 시중가의 삼분지 일의 가격이었다.

오늘 저녁은 고기만두와 뜨끈한 국수였다.

음식을 받아와 적당한 곳에 자리하여 식사하고 있는데, 그의 주변으로 한 무리의 이들이 자리했다.

"합석 좀 하겠습니다."

"아, 네."

그의 주변에 앉은 이들이 보욱에게 물었다.

"그런데 형장은 처음 뵙는 분인데."

"아, 오늘부터 은해상단에서 일하게 되었습니다."

"그렇군요. 반갑습니다. 배속은 어디입니까?"

"현풍국입니다."

"네?"

"혀, 현풍국 말입니까?"

그런데 뭔가 그들의 반응이 이상했다.

"괜찮으십니까?"

"네?"

영문을 알 수 없는 물음에 그는 고개를 끄덕였다.

"괜찮지 않을 건 무엇입니까?"

"……."

그 무리 중 하나가 물었다.

"혹시, 아직 근무 전입니까?"

"내일부터 근무할 예정입니다."

"역시! 그렇군요."

"……?"

"혼인은 했습니까?"

"아직 미혼입니다."

"그럼 숙소는 숙사겠구려."

"매화숙사에 묵게 되었습니다."

"나 역시 매화숙사이오."

그 말에 보욱은 머뭇거리다가 말했다.

"저, 죄송합니다."

"갑자기 왜 사과를 하시는 것이오?"

"제가 매화숙사에 묵는 건 단지 현풍국에서 일한다는 것 때문에 주어진 특혜라고 들었습니다. 많은 이들이 치열한 경쟁을 통해 들어가는 숙사인데⋯⋯."

그 말에 옆에 앉은 무리 모두가 쓴웃음을 지었다. 그리고 한 직원이 말했다.

"우리는 보 공이 특혜로 매화숙사에 묵게 되었다고 해도 전혀 개의치 않습니다. 우리 은해상단은 뭔가 특혜를 줄 땐 줄 만하기에 주기 때문입니다."

다른 이가 고개를 끄덕이며 말을 이었다.

"아무리 현풍국주님이 뛰어난 분이라고 해도 다른 은월각의 이들이 계십니다. 그게 쓸데없는 특혜였다면 그분들께서 제재하셨을 겁니다."

듣고 보니 맞는 말이었다.

하지만 보욱의 의문은 풀리지 않았다.

"그럼 대체 왜 현풍국에서 일하는 자들에게 그런 특혜를 주는 겁니까?"

그 말에 다른 이가 대답했다.

"제가 듣기로, 집에 돌아가다가 길거리에서 쓰러져 자지 말라는 의미라고 들었는데⋯⋯."

"나는 인재가 탈주하는 것을 막기 위해서라고 들었는데?"

보욱은 대체 뭐가 뭔지 알 수 없었다.

"아무튼, 미안하다거나 그런 마음은 싹 접어서 넣어 두시라는 겁니다. 나흘이면 그런 생각은 조금도 들지 않을 테니까 말입니다."

"그러니까 오늘 밤, 아무 생각도 하지 말고 그냥 푹 주무십시오! 아주 그냥 푹 주무시는 편이 좋습니다."

"대체 왜?"

"왜냐하면, 현풍국 일이…… 드럽게 빡세거든요."

그때까지만 해도 일이 힘들면 얼마나 힘들겠나 싶었다.

그러나 얼마 지나지 않아 그는 깨닫게 되었다.

경쟁 없이 숙사를 배정해 주는 건, 그럴 만한 이유가 있었기 때문임을.

* * *

아침이다.

나는 일찍 일어나 팔갑의 도움을 받아 세수하고 마당으로 나왔다.

호위무사들은 이미 일어나 몸을 풀고 있었다.

참 활기찬 아침이군.

"좋은 아침입니다."

"네. 주군, 좋은 아침입니다."

인사를 나누고, 운기조식을 했다.

겨울의 서늘함을 닮은 내공이 차오르며 비몽사몽이었던 정신이 또렷해졌다.

오늘은 개인 수련이다.

사부님께서는 표행을 가셨기 때문이다.

겨울철 표행이라니…… 힘드시겠네.

.

.

.

아침을 먹은 후 회의를 위해 은월각으로 향했다.

내가 도착했을 땐 이미 세풍각 적병철 각주님과 상유각의 연해미 각주님이 와 계셨다.

그분들과 가볍게 인사를 나누었다.

"어제 북경에서 돌아오셨다고 들었습니다."

"네."

"우리가 심심할까 봐 북경에서도 아주 큼직한 사건을 던져 주시다니! 하하하. 생각하지도 못했습니다."

"송구합니다."

적 각주님의 말에 나는 머리를 긁적였다.

이에 연 각주님이 웃으며 말했다.

"우리 적 각주님, 솔직하지 못하시네요. 저번 회의 때 은서호 소단주님 칭찬만 하셨으면서."

"흠흠!"

그녀의 말에 적 각주님은 헛기침을 했다.

부끄러워하시는 것을 보니 연 각주님의 말이 사실인 듯

하네.

그때 다른 이들이 들어오기 시작했고, 곧 회의가 시작되었다.

이런저런 안건이 처리되었다.

"마지막으로, 서호가 제안한 안건에 대해서 이야기해 보지. 서호야."

"네. 아버지."

"네가 제안한 안건이다. 당연히 이에 대한 너의 계획이 있겠지?"

"물론입니다."

무슨 안건이든 뜬구름 잡는 안건이 되지 않기 위해서는 이에 대한 제반조사가 중요했다.

하여 이를 위해 북경에서는 물론이고, 본단으로 오면서까지 일을 해야만 했다.

나는 준비해 온 궤도를 앞에 걸어 놓았다.

"여길 보시면 북경의 학당은……."

황궁에 은해상단 사람을 심는 일이긴 하지만, 학당 역시 엄연한 사업이다.

상단이 돈을 벌어 제 배만 채우는 것이 아니라 이 나라를 위해 교육 사업을 벌인다는 것에 처음에는 사람들은 칭송할 거다.

하지만 그들도 안다.

상인은 상인이라는 것을.

절대 손해 보는 장사를 하지 않는다는 것을.

만약 이 교육 사업이 적자만 나는 사업이라면, 사람들은 그 꿍꿍이를 의심하게 될 거다.

그러면 사람들이 이를 가만두고 볼까?

눈 가리고 아웅하는 것이라고 해도 표면상으로는 그럴듯해야 했다.

그렇기에 철저한 상권 분석이 필요했다.

"하여 약 백 명 정도를 수용하는 작은 학당으로 시작하는 것이 바람직하다고 봅니다."

"그 정도면 딱 적당하군."

"부지는 여기 서책방 거리에서 조금 떨어진 이곳이……."

"혹시 의견이 있으시면 기탄없이 말씀해 주십시오."

내 말에 다른 이들은 이런저런 의견을 말했고, 나는 이에 대해 대답하고 또 수정했다.

나도 생각하지 못했던 것에 대해 지적하시는 것을 보면 역시 늙은 생강이 맵다는 말이 맞았다.

그건 저들이 그동안 쌓아 올린 경험에 의한 것.

지금 생각해도 아쉬운 것이 아버지와 저들이 은퇴하기 전에 그 경험을 나의 것으로 만들지 못했다는 거다.

하지만, 이번에는 아니다.

"으, 갑자기 추워지는군."

"그러게요."

"숯불을 좀 더 피워야겠소이다."

"가장 중요한 건 학당의 이름인데……."

그 말에 나는 아버지에게 말했다.

"그 이름은, 아버지께서 지어 주시는 것이 좋을 듯합니다."

"저도 그리 생각합니다."

"상단주님께서 지어 주시지요."

잠시 고민하던 아버지가 말씀하셨다.

"갑자기 좋은 이름이 떠오르는군. 행화학당(杏花學堂), 어떤가?"

행화.

살구꽃이라는 의미다.

"예로부터 향시가 열릴 때면 살구꽃이 피어서 급제화라고 불리지."

"학문으로 성공하라는 의미군요."

"그것도 있지만, 살구는 만병통치약으로도 쓰이니 학당에서 배운 학문이 죽은 학문으로 그치는 것이 아닌 만병통치약으로 쓰이는 학문이 되길 바라는 의미다."

"그게 더 그럴듯해 보입니다."

이걸 갑자기 생각하셨다고?

아버지도 참.

분명 내가 학당에 대해 서신을 보냈을 때부터 생각하셨던 거다.

아버지에게 학당의 이름을 지어 달라고 하지 않았으면 서운해하실 뻔했네.

그렇게 은해상단이 세울 학당의 이름은 행화학당으로 확정되었다.

생각할수록 좋은 이름이다.

"그럼, 다시 북경에 가야겠구나."

"네."

나는 고개를 끄덕였다.

"이곳에서의 일을 마치는 대로 북경에 가서 학당을 세우는 일을 시작할 예정입니다."

회의를 마치고 현풍국에 돌아오자 보욱 서기가 출근해 있었다.

나는 모두에게 그를 소개해 주었다.

"여기 이분은 보욱 서기님이십니다. 오늘부터 현풍국에서 함께 일하게 되었습니다."

"드디어! 드디어 사람이 충원되었어!"

"만세!"

여창의 부관뿐만 아니라 다른 현풍국 직원들도 보욱 서기를 열렬히 환영했다.

그 환영하는 관점이 좀 다른 듯하지만…….

아무렴 뭐 어떤가.

나는 여창의 부관을 불렀다.

"여 부관께서는 어제 제가 말씀드린 대로 보욱 서기에게 일을 좀 가르쳐 주십시오."

"알겠습니다."

여창의 부관은 보욱 서기의 자리를 안내해 주고, 일을

알려 주기 시작했다.

그리고 오래지 않아 보욱 서기의 진기가 드러나기 시작했다.

"이걸 정리하여 옮겨 쓰면 되는 겁니까?"

"네."

"알겠습니다."

보욱 서기는 서탁 앞에 앉아 여창의 부관의 지시대로 일을 시작했다.

슥슥슥슥.

정갈한 글씨체로, 순식간에 글자를 써 내려가는 그 모습에 모두의 눈동자가 커졌다.

그렇게 일을 마친 보욱 서기가 여창의 부관에게 말했다.

"다 끝났습니다."

"그럼 다음 일을 하면 됩니다."

"다음 일은 어디에?"

"뒤에 있는 서가에 꽂힌 게 다 해야 할 일입니다."

"……."

뒤를 돌아본 보욱 서기의 눈동자가 흔들렸고, 고개를 돌려 나를 바라보았다.

나는 그 시선을 피했다.

.

.

.

회의는 며칠 동안 이어졌다.

이번에 짓는 학당은 모두 가난한 학생으로만 채우는 게 아니다.

물론 가난한 이들 중에 있는 인재를 찾기 위한 게 주목적이지만, 그렇지 않은 이들 중에도 인재는 많다.

내가 원하는 것은 그들을 황궁으로 들여보내고, 그들과의 인연을 유지하는 것이니까.

학생들에게 학비를 받되, 가난한 이들은 학업을 권면하기 위한 재정적 지원을 해 줄 생각이다.

내 계획에 연 각주가 물었다.

"혹, 가난하다고 차별하는 자로 인해 가난한 이들이 상처받을 수도 있지 않을까요?"

그녀는 어색하게 웃으며 말했다.

"제가 그랬거든요. 그래서 학당을 다니다가 때려치우고 상계로 뛰어든 거죠."

그에 대해서도 생각해 둔 바가 있다.

"그래서 모든 학생은 기숙사에서 머물게 할 것이며 물품도 학당에서 지급할 겁니다."

"하지만 그래도 어쩔 수 없이 티가 나기 마련이에요……."

"그건 교육의 문제라고 봅니다."

그 누구도 가난하다는 이유로 차별해서도 안 되며, 차별을 받아서도 안 된다.

가난하다는 것은 단지 주어진 환경이 그런 것뿐이다.

원래 아이들은 그런 것에 대해서 별 자각이 없다. 그냥 함께 있으면 좋은 거고 같이 놀면 즐거운 거다.

가난하다고 차별하는 것은 전적으로 어른들의 책임이다.

즉, 교육의 문제다.

사람의 앞날은 모른다.

가난하다고 무시 받던 자가 거상이 되어 상계를 주름잡을 수도 있고, 고위 관료가 되어 황제의 신임을 받을 수도 있다.

반면, 돈이 많다고 떵떵거리던 자가 하루아침에 몰락할 수도 있다.

"그나저나 연 각주에게 그런 사정이 있었을 거라고는 생각하지도 못했네."

아버지의 말에 연 각주는 피식 웃었다.

"그래서 저는 그년들에게 고맙게 생각하고 있어요. 덕분에 더 악바리처럼 아득바득 올라왔으니까요."

그녀는 말을 이었다.

"제가 상유각 각주가 되고 나서 그년들에게 복수 좀 해 줬거든요."

"복수?"

"그냥 살짝 건드렸더니 시집갔던 집안이랑 친정 집안이랑 폭삭 망하더라고요. 제 치맛자락을 붙잡고 살려 달라고 애원하는 꼴을 보니 속이 다 시원하던데요. 호호홋!"

"……."

"그래서 다시 살려 주긴 했어요. 제가 그년들하고 똑같은 사람이 되고 싶진 않아서요. 지금 그년들은 제 눈치만 살살 보고 있어요."

사람은 진짜 착하게 살아야 한다.

며칠 후, 나는 북경으로 향했다.

학당을 세울 부지를 마련하고, 공사를 시작했다.

그렇게 몇 번이나 북경을 오가느라 힘들었지만, 이게 다 미래를 위한 투자다.

.

.

.

학당을 세우는 데 있어서 가장 중요한 게 무엇일까?

바로 돈이다.

돈이 없다면 학당을 세울 부지 확보조차 불가능하니까.

하지만 학당을 세웠다고 해서 끝이 아니다. 운영을 잘해야 오래 지속될 수 있다.

이를 위해 필요한 것이 유능한 총관과 현명한 스승.

학당의 총관은 우리 은해상단에서 인선하면 된다. 상단이니만큼 총관을 시킬 인재는 많으니까.

하지만, 문제는 현명한 스승이다.

좋은 스승이 없다면, 학당에 아이들을 보낼 보호자에게도 그리고 학당을 다닐 아이들에게도 매력적으로 다가오지 않을 테니까.

전에도 말했듯이, 학당도 엄연한 사업이다.

하여 나는 유능한 학사들을 초청했는데, 문제가 생겼다.

"뭐? 거절했다고요?"

"그렇단다."

이번에 나는 학당의 스승으로 와 달라고 다섯 분의 학사들에게 서신과 함께 사람을 보냈었다.

"한 명 빼고 모두 다 거절했다."

"대체 왜요? 혹시, 기 싸움인가요?"

"더 까놓고 말하면 학사로서의 자존심이라고 할 수 있겠지."

좋은 스승을 구하고 싶었기에, 대학사급은 아니지만 그래도 평이 좋은 학사들에게 학당의 스승이 되어 달라고 요청했다.

내가 학당을 통해 원하는 것이 있는 만큼, 덜 이목을 집중시키고 싶었기 때문이다.

그런데 학사로서의 자존심을 내세우며 거절했다고?

그때 내 시선은 아버지의 서탁 위에 놓인 서류에 닿았다. 아무래도 아버지가 그 서신을 숨기신 것 같지만 어쩌다 보니 옆으로 살짝 삐져나왔다.

[…… 돈만 아는 상인이…….]

그 문장을 본 나는 순간 이게 뭐지 싶었다.

설마 아버지께서는 나에게 일부러 보여 주지 않으시려고 숨기셨던 건가?

나는 아버지에게 그 서신을 가리키며 말했다.

"그 서신, 혹시 학사들에게서 온 서신입니까?"

"험, 험험."

아버지가 헛기침하시는 것을 보니 내 짐작대로인 듯했다.

"사실, 상인이 세운 학당이라는 것에 거부감을 드러낸 자도 있었다."

"저도 읽어 보겠습니다."

"……."

결국, 아버지는 내 눈빛을 이기지 못하고 서신을 건네주었다.

나는 그 서신들은 하나하나 읽어 보았다.

같은 학사도 아니고 천한 상인이 세운 학당의 스승으로 가기에는 격이 안 맞는다는 개소리를 잘도 써 놨네.

아, 오랜만에 빡 도네.

관심을 덜 받으려고 했는데, 생각을 바꾸었다.

"아버지, 상인이 학당을 세우는 일이 이렇게 무시당할 일입니까?"

"그건 아니지."

"선일 형도 이런 저의 생각을 지지해 주었는데 말입니다."

"하지만, 세간의 인식이 그러하니……."

웃기는 일이다.

돈이 없으면 살 수 없으면서, 돈만 밝힌다고 상인들을 욕하니 말이다.

세상에 돈 안 좋아하는 사람도 있나?

"아버지."

"왜 그렇게 무섭게 부르느냐?"

"저희 행화학당, 판을 좀 키워 보죠."

"갑자기 그게 무슨 소리냐?"

"저희 행화학당, 대학사급 스승들로 채워 보죠."

"일반 학사들이 저런 반응인데, 대학사들은 더하지 않겠느냐?"

아버지는 우려를 드러냈다.

"그런 학당을 지지하는 황제 폐하도 자신들의 격에 맞지 않는다는 막말을 하면 인정해 주죠."

"설마?"

"제가 황제 폐하의 성지를 받아 오겠습니다."

"하지만 작풍기를 판매하는 상인들에 대한 감찰도 아니고 그걸 이유로 황제 폐하를 알현하는 건 불가능한 일이다."

"가능합니다. 도와주실 만한 분이 있거든요."

"설령 그분의 도움을 받아 황제 폐하를 알현한다고 해도, 우리의 속내를 알게 되면 노여워하실 수도 있다."

"걱정하지 마십시오. 명분은 저희 쪽에 있습니다."

방금, 학사들이 우리에게 명분을 만들어 줬다.

　나는 이걸 이용하여 대학사들을 우리 행화학당에 끌어
올 생각이다.

　"아, 그 전에 수락한 학사도 있다. 나라의 인재를 교육
하는 일에 불러 줘서 고맙다더구나."

　"최고의 대우를 해 드려야겠네요."

　.

　.

　.

　그날 오후.

　나는 팔갑과 여응암 무사와 서우 무사를 대동하고 저잣
거리로 향했다.

　목적지는 서가에 있는 잡화점이다.

　잡화점의 귀면포 노인은 추운 겨울임에도 문 앞에 앉아
차를 홀짝이고 계셨다.

　"춥지 않으십니까?"

　내 물음에 노인은 웃으며 말했다.

　"추위도 친우로 삼으면 춥지 않은 법이다."

　"현문에 우답입니다."

　"보통은 반대 아니냐?"

　"추운 건 추운 겁니다."

　내 말에 노인은 피식 웃으며 말했다.

　"추위도 안 타는 놈이 춥기는……."

　알고 계시는구나. 내가 익힌 무공이 빙공이라는 것을.

"그래서 왜 왔냐?"

나는 노인의 앞에 앉으며 말했다.

"어르신께서는 상인이 학당을 세우는 것에 대해서 어찌 생각하십니까?"

"학당을?"

"어르신께서도 상인이 세운 학당에서 아이들을 지도해 달라고 하면, 자신과 격이 맞지 않는다고 거절하실 건가요?"

내 물음에 귀면포 노인은 피식 웃었다.

"누구냐? 그런 말 같지도 않은 개소리를 하는 자가?"

나는 대답하지 않았다.

내가 말하지 않아도 아시고자 하면 얼마든지 아실 수 있으실 테니까.

"좀 화가 나더라고요. 그래서 상인이 세운 학당도 얼마든지 명문학당이 될 수 있다는 것을 보여 주고 싶다는 생각이 들더라고요. 하여 대학사들을 학당의 스승으로 모시면 어떨까 해서요."

내 말에 노인은 혀를 찼다.

"그 막말을 지껄인 그 녀석들이 불쌍하구나. 건드리면 안 될 자를 건드렸어."

"네?"

"됐다. 그나저나 학당이라…… 목적이 뭐냐?"

"그야 당연히 이 나라의 동량이 될 묘목들을 바르게 키워 내는 것이죠."

내 말에 노인은 끌끌 웃었다.

"내가 아는 네 녀석은 절대 손해 보는 일은 하지 않는다. 손해인 듯해도 결국은 손해가 아니지."

음, 너무 잘 아시는데.

"그런 상황에서 나를 찾아온 거라면, 황제 폐하께 말 좀 잘해 달라고 온 것이겠구나. 아니냐?"

"귀신이 형님이라고 안 하십니까?"

"에끼! 이 녀석아. 막말을 해라."

"하하하."

이내 노인의 어조가 진중해졌다.

"은해상단의 돈으로 길러내는 묘목이다. 아무리 바르게 기른다고 해도 은해상단이 있는 쪽으로 향한다는 것을 폐하께서 모르실 리가 없지."

"하지만 황제 폐하의 은혜가 미친다면 묘목은 바르게 자랄 겁니다."

"거참, 말은 참으로 청산유수로구나."

"그리고 저희 은해상단이 그런 학사들의 말 같지도 않은 소리로 인해 좌절한다면, 다른 상단들이 백성들의 교육을 위해 힘쓰겠습니까?"

잠시 나를 보던 노인은 혀를 찼다.

"미련한 새끼들, 왜 명분을 줘서는……."

나는 속으로 씨익 웃어 보였다.

"그러니까 잘 부탁드립니다. 어르신."

며칠 후,

나는 북경으로 향했다.

이왕 판을 키우는 거 학당의 규모도 키울 작정이었기 때문이다.

북경에 도착하여 분주하게 움직이다가 연준상단으로 돌아오자, 고모님이 소식을 전해 주셨다.

"서호야. 오늘 황궁에서 사람이 나왔었다."

"네? 황궁에서요?"

"내일 오전에 입궁하라고 하시는구나."

어르신이 생각보다 빨리 움직이셨구나.

.

.

.

다음 날 아침.

나는 선일 형과 함께 황궁으로 향했다.

어차피 선일 형도 황궁으로 가야 했기에 동행하는 것이다.

"학당 설립은 잘 되어 가고 있는 것이냐?"

"네. 형님."

"곤란한 건 없고?"

그 물음에 나는 배시시 웃으며 대답했다.

"어려운 일이 왜 없겠습니까? 하지만 문제들을 해결해 나가는 것이 즐거우니 괜찮습니다."

"너도 참 특이하구나."

곧 우리는 황궁에 도착했고, 선일 형은 한림원으로 향했다.

나는 연통을 넣었고, 곧 한 내관이 나와서 나를 맞아 주었다.

"저를 따라오시지요."

"네."

소금 유통법이 시행될 때만 하더라도 황제 폐하와 관리들은 서로 기싸움을 벌였었다.

하지만 그 기싸움은 황제 폐하의 승리로 끝났다.

그럴 수밖에 없는 게, 생활필수품인 소금의 물가 조절이라는 명분이 확실했던 데다가 그로 인해 실질적인 세수도 증가했기 때문이다.

그 세수, 그대로 황제의 주머니 속으로 들어갔고 말이지.

게다가 소금 소매상들에게 곡개를 씌워 주지 않았던 일을 빌미로 욕심 많은 내관들도 일부 숙청했다.

하여 지금의 황제 폐하는 막강한 권력을 가지고 있었다.

그렇기에 나는 황제의 성지를 받으려는 거다.

내가 안내된 곳은 정원이었지만, 저번에 선일 형과 왔던 곳은 아니다.

여긴 처음 와 보는 곳이었다.

겨울의 정취가 그대로 묻어 나오는, 무척이나 아름다운

정원이었다.

하지만 그와 달리 곳곳에서 은밀한 기척이 느껴졌다.

그 실력도 상당해 보였고.

나는 이곳이 어딘지 알 것 같았다.

황제만을 위한 정원이다.

그걸 깨달았을 때 뒤에서 범접할 수 없는 존재감이 느껴졌다.

"이 정원이 마음에 드느냐?"

"아!"

나는 얼른 눈 쌓인 바닥에 엎드렸다.

"미천한 소상이 이 나라의 주인이신 황제 폐하를 뵙습니다. 만세 만세 만만세!"

내 인사에 황제가 말했다.

"일어나도 좋다."

"성은이 망극하옵니다."

나는 자리에서 일어났고, 황제가 내관에게 말했다.

"공자의 옷을 털어 주거라."

내관이 내 옷에 묻은 눈을 털어 주었다. 이것 참 황송하네.

"그래, 내 친우를 통해 들었다. 너에게 명분을 준 멍청한 새끼들이 있다고?"

"소상이 불민하여 그런 말을 듣고 말았습니다."

"마음에도 없는 소리는 집어치우거라."

"송구합니다."

"은해상단이 학당을 세우겠다는 뜻은 참으로 갸륵하다. 하지만 그 목적이 문제이지. 그리고 너라는 사람은 단순히 황궁에 네 사람을 두기 위해서라는 목적 때문에 그런 일을 벌이지는 않을 것 같구나."

황제는 나를 보며 물었다.

"무림맹 때문이냐?"

황제의 말에 나는 순간 말문이 막혔다.

단도직입적으로 무림맹에 대해 언급할 줄은 몰랐기 때문이다.

황제가 저렇게 구체적으로 언급했을 정도면, 그 근거가 확실하다는 의미일 터.

괜히 감춰서 노여움을 살 필요는 없다.

"사실, 그러하옵니다."

황제는 잠시 나를 보다가 말했다.

"알겠다. 네놈이 원하는 대로 해 주지."

"네?"

솔직히 나는 왜 무림맹을 경계하는지 등에 대해서 물어볼 거라고 생각했다.

하지만 황제는 그런 건 전혀 묻지 않고, 내가 원하는 대로 해 주겠다고 하니 어리둥절했다.

"그래, 어떤 대학사를 초빙해 줄까?"

나는 당황을 가라앉히고, 얼른 준비해 왔던 서류를 꺼내 내밀었다.

"여기 있습니다."

"준비성이 철저하군."

내관이 내 손에서 서류를 가져다가 황제에게 건네주었다.

황제는 그 서류를 쓱 살펴보고는 고개를 끄덕였다.

"알겠다. 이 서류에 있는 놈팡이들 전부 잡아다 주지."

"대학사들입니다. 놈팡이라는 말은……."

"그럼, 가진 지식과 경험을 이 나라를 위해 써먹지 않고 낙향하여 썩히고 있으니 놈팡이지 뭐냐?"

"……."

할 말이 없네.

"이럴 땐 그냥 성은이 망극합니다라고 하면 되는 거다."

"성은이 망극하옵니다."

나는 깊게 고개를 숙여 예를 표한 뒤, 말을 이었다.

"한 가지 청이 더 있습니다."

"무엇인가?"

"황궁에서 저희 행화학당에 일 할이라도 자금을 대 주십시오."

"이유가 무엇인가?"

나는 설명을 이어 갔다.

"여기에는 두 가지 이유가 있습니다. 하나는 대학사들에게 성지를 내릴 타당성을 가진다는 겁니다."

"그렇지. 황궁에서 자금을 대는 만큼은 이 나라에 속한 것. 저들이 위군자가 아니라면 황궁에서 이 나라의 인재를 양성한다는 데 거부할 수 없겠지."

"두 번째는 황제 폐하께 근심을 안겨드리는 일을 방지할 수 있다는 겁니다."

"설명이 부족하다."

나는 얼른 더 자세히 설명했다.

"황제 폐하께서 행화학당의 묘목들이 은해상단 쪽으로 기울어 자랄까 우려하시고 계심을 알기에 드리는 제안입니다."

"그러니까 황궁에서도 돈을 대서, 부목 역할을 하라?"

"네, 그리고 자금을 댄다는 건 감찰할 수 있는 권한이 있다는 의미이기도 합니다."

.
.
.

황궁을 나와서, 내가 머물고 있는 연준상단으로 돌아가는 길.

나는 황제의 입에서 무림맹이라는 말이 나왔다는 것이 마음에 걸렸다.

아무래도 저번에 내가 과거 시험을 볼 때 언급한 것을 계기로 하여 황제 역시 무림맹을 경계하게 되었을 수도 있다.

황제의 정보력이라면 그 배후에 무림맹이 있다는 것쯤은 알아낼 수 있을 테니까.

혹시…… 차도살인(借刀殺人)?

내가 세운 학당을 이용하여 무림맹을 견제하려는 건가?

뭐가 어찌 되었든 그로 인해 내가 원하는 대학사들을 학당에 초빙할 수 있다면 상관없다.

적의 적은 친구라고 했으니까.

황제는 학당을 운영하는 자금의 이 할을 대겠다고 했다.

나는 일 할을 제안했는데, 이 할을 대겠다고 한 것을 보면 황제는 내 제안을 마음에 들어 한 것 같았다.

이로 인해 황궁은 행화학당의 운영에 대해 감찰할 수 있는 권한을 가지게 되었다.

하지만 상관없었다.

모든 재정을 투명하게 관리하는 것이 은해상단에 대대로 이어져 온 기조이니까.

게다가 황궁의 지원을 받고 감찰까지 받는다는 것이 알려진다면, 오히려 부정이 없는 깨끗한 학당이라는 인식이 사람들 사이에 자리 잡겠지.

중요한 건 은혜를 입히는 방식이다.

원래 계획과 조금 달라지기는 했지만, 오히려 더 만족스럽다.

어차피 학당에서 키운 인재를 황궁에 들여보내는 것도 내 개인의 사익이 아닌, 무림맹을 견제하기 위한 목적이었으니까.

　물론 우리 상단에도 도움이 되겠지만.

　결과적으로 나는 이번 황궁 방문을 통해 두 마리 토끼, 아니 그 이상의 토끼를 잡을 수 있게 되었다.

* * *

　황제는 자신의 개인 정원을 거닐며 생각에 잠겼다.

　그에게는 오래된 친우가 있다.

　친우의 이름은 황보휘(皇甫輝).

　대대로 황가의 무관으로 일해 온 황보세가의 사람이며, 그의 놀이 친구 즉, 배동이기도 했다.

　그렇기에 어릴 때부터 함께 지냈을 뿐만 아니라, 황제가 되기 전 왕의 직책을 받아 왕부에 갔을 때도 함께였다.

　또한 진우림 상단주의 도움으로 북경으로 향할 때도 함께 한, 그의 속마음을 터놓을 수 있는 유일한 자가 바로 황보휘였다.

　하지만 그는 황제가 보위에 올랐을 때, 자신은 일선에서 백성들을 위해 일하고 싶다는 뜻을 밝혔다.

　그때부터였다.

　귀면포의 전설이 시작된 것은.

　그렇게 오랜 시간이 흘렀고, 그는 은퇴하였다.

　황제는 황보휘의 노고를 치하했고, 그의 마음을 알고

있었기에 은퇴를 막지 않았다.

그러던 어느 날, 그가 서신을 보내왔다.

[제 마지막 숙원을 이루고 나면 제가 머물고 있는 이곳에서 떠나려고 했습니다만, 이곳에서 좀 더 머물러야 할 듯합니다. 은해상단의 은서호라고, 무척 관심이 가는 녀석을 하나 발견해서 말입니다]

그땐 까탈스러운 자신의 친우가 관심을 가지고 있는 자가 있다는 말에 의아해했지만, 정무가 바빠 이내 그러려니 했다.

하지만 황제 역시 그를 만날 수 있었다.

자신의 은인인 진우림 상단주의 목숨을 구해 주었기 때문이다.

"한 젊은 상인 덕분에 이 소상의 목숨을 구할 수 있었습니다."

"참으로 다행이로군. 그자가 누군가?"

"네. 은해상단의 은서호라는 젊은 상인이었습니다."

진우림 상단주의 입에서 언급된 그 이름.

두 번이나 보고 듣게 된 그 이름은 황제의 호기심을 자극했다.

감사 인사를 핑계로 은서호와 만나 대화를 나누었고,

인재 욕심이 많은 황제는 그가 탐이 났다.

하지만 아직 열다섯밖에 안 된 그를 데려다 쓸 순 없는 노릇.

그와 별개로 자신의 친우가 심심하지 않게 해 준 것과, 진우림 상단주의 목숨을 구해 준 것에 대한 보답은 해야 했다.

그래서 무가지보의 기물인 주머니를 선물해 달라고 친우에게 부탁했다.

하지만 그걸 선물해 달라고 부탁한 진짜 이유는 일종의 빚을 지우기 위해서였다.

자신이 본 은서호라면 그 주머니를 잘 써먹을 터.

그만큼 빚이 커질 테니까.

그리고 작풍기 판매의 책임을 맡겨 주기적으로 황궁에 방문하도록 했다.

'도망가지 않도록 말이지.'

그렇게 시간이 흘렀다.

최근, 그는 친우에게 서신을 받았다.

그 서신의 내용은 은해상단이 북경에 행화학당이라는 곳을 세우는 것에 대한 전반적인 보고였다.

그는 그 보고서를 보자마자, 그 학당의 의미를 알아차렸다.

[폐하께서도 이미 그 목적을 알고 계시겠지만, 최근 난

감한 일이 벌어졌습니다. 멍청한 학사들이…….]

역시나, 이 기회를 놓칠 은서호가 아니었다.

'이 황궁에 사람을 넣겠다라…….'

솔직히 황제의 입장에서 자신의 신하가 자신이 아닌 은해상단을 위해 일한다는 건 달갑지 않은 일이다.

그러나 그 은해상단에는 은서호가 있다.

즉, 뛰어난 인재만 쏙쏙 골라서 황궁에 넣을 것이라는 의미다.

이 나라를 위해서 제대로 분골쇄신해 준다면, 약간의 탈선쯤은 눈감아 줄 수 있었다.

'하지만 그 녀석이, 단지 그 목적을 위해서만 일을 벌이지는 않았을 터.'

이내 황제는 저번 과거 시험 당시를 떠올렸다.

덕분에 부정하게 합격할 뻔했던 자들을 거를 수 있었다.

황제는 부정하게 합격하려고 했던 자들을 족쳤고, 그렇게 배후가 무림맹이라는 것을 알게 되었다.

물론 명확한 증거는 없었다.

하지만 그것만으로도 무림맹에 대한 경계심을 가지게 되기는 충분했다.

여기서 황제는 은서호가 어떻게 그 정보를 알게 되었는지가 궁금해졌다.

'그 녀석은 기루에서 사촌 형과 술을 마시던 동무가 수

상한 인물과 만나는 것을 보고 알아차렸다고 했는데…….'

그럼 그자가 수상한 인물이라는 것은 어찌 알았을까?

그 의문에 답해 줄 수 있는 건 수상한 자들이 무림맹의 사람이며, 은서호는 무림맹에 대해 경계를 이어 가고 있었다는 거다.

그럼 왜 무림맹을 경계하고 있었을까?

그가 했던 '무림맹 때문이냐?'라는 물음에 은서호가 보였던 반응으로 설명이 되었다.

금세 사라졌지만, 짧게나마 분명히 드러났던 감정.

그건 복수심이었다.

'대체 무슨 원한이 있기에 그리도 독한 복수심이란 말인가?'

자신이 아무리 애를 써도 무림맹의 사람이 황궁에 들어오는 것을 완벽히 막을 수는 없다.

그걸 은서호도 알고 있을 터.

그러니 학당을 세우고 배출한 인재를 황궁에 넣어 그들을 경계하기 위함일 거다.

황제에게 있어 그건 나쁜 일이 아니다.

그 역시 감히 자신의 황궁에 부정한 방법으로 사람을 넣어 이 황궁을 어지럽히려 한 무림맹이 괘씸했으니까.

가뜩이나 정무가 바쁜데 그것까지 신경 써야 되겠는가?

그는 자신의 손에 들린 명단을 살폈다.

이렇게 미리 준비한 것을 보면 제 뜻을 이룰 수 있을

것이라 확신한 것일 터.

다시금 은서호의 배포와 재능이 탐났다.

"하하하하!"

공교롭게도 그 명단의 이들은 황제가 관리들을 빡세게 굴릴 것을 예상하고 재빨리 사직하여 촌구석에서 놀고 있는 자들이다.

뛰어난 학식과 능력을 갖추고 있음에도 말이다.

문득, 자신의 교지를 받은 대학사들이 어떤 표정을 지을지 상상하자 웃음이 나오는 것을 참을 수 없었다.

그는 내관에게 명단을 건넸다.

"이들에게 교지를 내리거라. 행화학당에서 그 능력을 후대를 길러 내는 데 쓰라고."

"명을 받드옵니다."

"아, 만약 청을 거절하면 그땐 위군자라는 소문을 내 버릴 거라고 협박하고."

"그리하겠습니다."

황제는 웃음을 멈출 수 없었다.

자금을 투자하라는 은서호의 조언으로 인해 대학사들에게 교지를 내릴 명분을 얻었다.

그리고 감찰권을 얻어서 그 학당에 투자하는 것에 대해 시끄럽게 굴 대신들의 입도 막을 수 있게 되었다.

황제는 자금의 이 할을 전부 황궁의 재정으로 충당할 생각은 없었다.

황궁의 예산으로 반, 그리고 황실의 재산으로 반을 채

울 생각이다.

'그 녀석은 분명 내가 얻는 것보다 더 큰 것을 얻을 수 있기에 그런 제안을 했을 터인데…….'

자신이 본 은서호는 절대 손해 보는 짓은 하지 않는 자였다.

그렇기에 앞으로가 더 기대되었다.

'빨리 커라. 그래야 내가 데려다가 굴릴 것 아니냐?'

* * *

행화학당의 건립은 착착 진행되었다.

황궁의 자금이 투입되자 목수들을 비롯한 일꾼들은 목이 달아날까 두려워 더 열심히 일했다.

나는 그들에게 식사를 넉넉히 챙겨 주며 독려했다.

그리고,

황제의 교지를 받은 대학사들이 북경에 도착했다. 표정을 보니, 마치 도살장에 끌려 온 소와 같았다.

그걸 보며 팔갑이 우려를 표했다.

"도련님, 아무리 뛰어난 스승이라고 해도 의욕이 있어야 학생들을 잘 가르치지 않겠습니까?"

나는 피식 웃으며 답했다.

"걱정하지 마. 억지로 끌려와 억지로 가르쳐도 학생들은 배우는 게 있을 테니까. 게다가 천상 학사들이 바로 대학사들이야."

"네?"

"군자삼락 중 하나인 천하의 기재를 얻어 가르치는 것이 바로 학사들의 즐거움이자 꿈이거든."

그리 말하며 나는 손에 들린 서류를 보았다.

그건 이번 행화학당 입당 요강으로서, 내가 최종 점검을 하는 중이다.

"이건 이대로 방을 붙여도 될 것 같아."

．

．

．

보름 후.

"국주님! 큰일 났습니다. 지금 천 명이 넘는 이들이 학당으로 몰려들었습니다."

학당의 총관이 나에게 달려와 외쳤다.

"네? 처, 천 명이요? 저희 정원은 백 명입니다만?"

"어떻게 조치를 취해야 할 듯합니다."

나는 얼른 학당의 대문 앞으로 달려갔고, 곧 수많은 이들이 문 앞에 줄을 서 있는 모습을 볼 수 있었다.

"으메! 이, 이게 대체 무슨 일입니까요?"

그 모습에 팔갑은 기겁했다.

나 역시 당황스러운 건 마찬가지였다.

"아니, 나도 이렇게까지 많이 올 줄은 몰랐어."

내 말에 총관이 어이없다는 표정으로 말했다.

"솔직히, 존경받은 대학사께서 한 분도 아니고 다섯 분이나 스승으로 계실 뿐만 아니라 시설 좋지, 전 관생들 기숙사, 모든 불품 지원, 공부만 잘하면 모든 학비 면제. 이 정도면 예상할 수 있는 것 아닙니까?”

“…….”

생각해 보니, 그러네?

내가 너무 진심으로 일을 처리했나 보다.

“그나저나 얼른 조처를 해야 할 듯합니다.”

나와 학당의 총관, 그리고 스승들은 머리를 맞대고 논의했다.

그리고, 자격시험이라는 것을 치르기로 했다.

정원 백 명 이상은 아무리 봐도 무리였기 때문이다.

그렇게 닷새에 걸쳐 시험을 치르고 채점을 한 결과, 백 명의 입학생들이 결정되었다.

.

.

.

어느덧 따스한 바람이 부는 사월.

살구꽃이 가득 피어 있는 행화학당은 운영을 시작했다.

교실마다 학생들이 글을 읽는 소리가 가득했다.

그때 나는 낯이 익은 얼굴을 발견하고는 미소를 지었다.

전에 보육 서기가 구해 준, 강에 빠진 아이의 형도 지금 교실 안에서 공부를 하고 있었다.

그리고 은해상단 권학지원을 받게 된 인재이기도 했다.

불어오는 바람에 살구 꽃잎이 날리었다.

순풍이다.

29장. 종두득두(種豆得豆)

종두득두(種豆得豆)

화창한 오월은, 몸을 움직이는 무사들이 반기는 달이다.

야외에서 수련할 때 더위나 추위 때문에 힘들지 않기 때문이다.

하지만 나처럼 서탁 앞에 앉아 일하는 이들에게는 참으로 고역인 시기가 아닐 수 없다.

왜냐하면, 오월의 불청객인 춘곤증 때문이다.

하지만 내게는 상관없는 이야기다.

빙공을 익히고 있기에 불면증이 있을지언정, 춘곤증은 없으니까.

나는 고개를 들어 주변을 둘러보았다.

어느덧 미시(未時:13~15시).

붓을 든 채로 병든 닭처럼 꾸벅꾸벅 졸고 있는 이들을

보자니 뭔가 안쓰러웠다.

"여 부관님, 붓에서 먹물 떨어집니다."

"흐헙! 죄, 죄송합니다."

"뭘요."

나는 자리에서 일어나며 손뼉을 쳤다.

짝짝!

"차 한 잔씩 하고 일합시다. 그 전에 몸도 좀 풀어 주고 요."

현풍국의 직원들은 다들 자리에서 일어나 팔다리를 쭉 쭉 뻗었다.

그때 누군가가 나를 찾아왔다.

아버지의 부관 중 하나인 조영영 부관이다.

"아, 조 부관님."

"상단주님께서 찾으십니다. 은월각으로 가시면 됩니다."

"아! 알겠습니다."

이렇게 갑자기 은월각 회의가 열린다는 건, 예상치 못한 일이 벌어졌다는 의미다.

그리고 그 경우, 십중팔구 좋지 않은 일이다.

．

．

．

잠시 후,

나는 은월각에 들어섰다.

먼저 와 있던 진호 형이 나에게 살짝 오른손을 들어 보였다.

"빨리 왔네?"

"형이 먼저 와 놓고서는 뭐래."

진호 형은 이번에 정식으로 소단주가 되면서 은월각에 출입할 수 있는 자격을 얻었다.

상단주의 자녀이니만큼, 상점을 맡아 경험을 쌓는 일을 해야 하지만 진호 형은 아니었다.

"진호 녀석에게 상점 중 하나를 맡기는 일에 대해 외총관은 어찌 생각하는가?"

"둘째 소단주님은 제 뒤를 이을 분입니다."

"그래도 소단주이니만큼 상단 일을 해 봐야 하지 않을까? 그래서 상점 하나를 맡겨 볼까 하는데……."

"돈이 썩어 나십니까?"

외총관이 적극적으로 의견을 개진한 결과, 진호 형은 은풍대의 조장 중 하나가 되었다.

내가 봐도 진호 형은 은풍대가 잘 어울렸다.

나는 자리에 앉으며 말했다.

"그런데 무슨 일 때문에 갑자기 회의가 열리는 거야?"

"나도 몰라. 연무장에 있었는데 나를 부르러 와서 왔을 뿐이거든."

곧 하나둘 사람들이 도착했고, 회의가 시작되었다.

　은월각 안의 분위기는 무거웠다.

　당연했다.

　은길상 상단주가 말하는 회의 소집의 이유는 좋은 소식이 아니었으니까.

　"오늘, 귀주에 있는 은조산 상단주에게 서신이 왔네. 지금 상황이 좋지 않다고 하는군."

　귀주성은 예로부터 임업이 발달한 곳이다.

　삼나무뿐만 아니라 각종 약재들이 많이 나는 곳으로, 약재 사업으로 성장한 은해상단에게 있어 중요한 곳이다.

　귀주성에는 은해상단에 약재를 공급해 주는 중개상이 있다.

　그곳의 이름은 미과상단(美果商團)이며, 상단주의 이름이 은조산이다.

　성씨가 똑같은 것에서 알 수 있듯이, 은해상단과 혈족 관계다.

　은길상의 숙부는 상단주 경쟁에서 밀려난 후 지부의 지부장으로 가는 것이 아닌, 자금을 지원받아 귀주성에 새로 상단을 세웠다.

　그리고 은해상단을 주 고객으로 하여 약초 중개상을 하면서 돈을 벌어 지원받은 자금을 모두 갚았다.

은길상의 사촌 동생이기도 한 은조산이 미과상단의 상단주가 되었을 때 완전히 재정이 분리되었다.

　하여 현재 은해상단과 미과상단은 서로 친하고 관계가 좋은 상단일 뿐, 엄연히 다른 상단이다.

　"그래서 돈을 좀 빌려 달라고 하네."

　"대출 요청입니까?"

　유 총관의 말에 은길상은 고개를 끄덕였다.

　"그 자존심 강한 은조산 상단주가 이런 서신을 보낼 정도이니 어렵기는 정말 어려운 모양이야."

　그의 말에 두 총관과 두 각주는 고개를 끄덕였다.

　그들도 젊었을 때부터 은조산을 보아 왔기에 그의 성격에 대해 잘 안다.

　그때 은정호가 물었다.

　"아버지, 은조산 상단주님께서 보낸 서신에는 왜 어려운지에 대해서 설명이 없었습니까?"

　"그래, 자세한 이야기는 없이 다른 상단들과의 경쟁이 치열해져서 사정이 어렵다고만 적혀 있구나."

　은길상은 말을 이었다.

　"그럼 얼마나 지원해 줘야 할까?"

　"얼마를 빌려 달라고는 적혀 있지 않은 겁니까?"

　유소악의 물음에 은길상은 고개를 끄덕였다.

　"자네 말대로네."

　"그럼 은 천 냥을 빌려 주면 되지 않을까 합니다. 그 이상을 빌려 주는 건 오히려 은조산 상단주의 자존심을 건

드리는 것이 될까 저어됩니다."

그때 그들은 오늘따라 은서호가 묘하게 조용하다는 것을 깨달았다.

* * *

나는 지난 삶에서 있었던 일을 떠올리며 고민하고 있었다.

은조산 상단주…… 내 당숙이 자살한 사건.

그때는 은조산 상단주가 돈을 빌려 달라는 서신을 보냈다는 걸 알지 못했다.

아직 소단주가 되기 전이었으니까.

그리고 지금으로부터 약 일 년 후, 은조산 당숙은 자살했다.

서신에서 언급된, 다른 상단들과의 경쟁이 치열해져서 사정이 어렵다는 말은, 당숙의 그 자존심 때문에 겨우 적은 말이었다.

실상은 그것보다 더 어려웠으니까.

나중에 듣기로, 후발주자로 나선 약재 중개상이 출혈경쟁을 각오하고 달려들면서 미과상단과 거래하던 이들이 대부분 그쪽으로 넘어갔다고 한다.

결국, 거래처가 은해상단만 남았음에도 그 자존심 때문에 이를 숨겼다.

그리고 당숙의 서신에 빌려 달라는 돈의 액수가 나와

있지 않은 건, 현재 손해가 엄청나기 때문이다.

은자 천 냥?

그것으로는 어림도 없을 거다.

내 이전 삶에서도 천 냥을 빌려준다고 결정했을 터.

그럼에도 당숙이 자살한 것을 보면 말이지.

당시, 당숙의 자살 소식은 우리 가족들에게 큰 충격을 주었다.

특히 조부님께서 무척이나 슬퍼하셨다.

조부님의 동생에 이어 조카도 일찍 세상을 떠났으니 말이다.

그리고 상단 입장에서도 꽤 큰 손해였다.

안정적으로 약재를 공급해 주던 중개상이 사라진 것이다.

그렇다고 귀주의 다른 중개상과 거래를 하자니, 당숙을 죽게 만든 곳이고.

결국, 많은 자금과 긴 시간을 들여 귀주에 지부를 세우고, 다른 곳에서 약재를 더 많이 사들이는 식으로 겨우 해결했다.

"서호야."

아버지의 부름에 나는 고개를 들었다.

"네."

"오늘따라 무척 조용하구나. 평소에는 눈을 반짝이면서 의견을 제시하던 너답지 않구나. 어디 몸이라도 좋지 않은 것이냐?"

아버지의 물음에 나는 고개를 저었다.

"아닙니다. 잠시 생각할 것이 있어서 그랬습니다."

그러곤 연다미 각주에게 고개를 돌렸다.

"연 각주님."

"네, 소단주님."

"미과상단에 대해서 혹시 들은 이야기는 없습니까?"

"글쎄요……."

"이번에 귀주성에 갔던 행수들에게서 이야기를 들어 보고 싶습니다. 아무래도 그런 건 직접 보고 들은 자들에게 직접 묻는 게 더 확실하니까요."

내 말에 아버지가 고개를 끄덕였다.

"뭔가 걸리는 것이 있나 보구나."

"네."

아버지는 연 각주에게 귀주성에 다녀왔던 행수들을 부르라 했다.

잠시 후, 은월각에 대행수 한 명과 네 명의 행수가 들어왔다.

"부르셨습니까?"

그들이 도착하자, 아버지는 나를 보며 고개를 끄덕이셨다.

내게 위임하겠다는 의미다.

"여러분들을 이곳에 부른 것은 묻고 싶은 것이 있기 때문입니다. 이번에 귀주성의 미과상단에 다녀오셨다는 것으로 압니다."

"그렇습니다."

"혹시 이전과 비교하여 달라진 점이라든지 마음에 걸리는 점이 없으십니까?"

"……."

"아주 사소한 거라도 괜찮습니다."

대행수가 잠시 고민하더니 천천히 입을 열었다.

"그러고 보니, 미과상단의 직원 수가 눈에 띄게 줄어 있었습니다. 안 보이는 행수가 제법 되더군요."

역시…… 인원 감축을 한 거다.

금전적으로 압박을 받을 때 가장 먼저 하는 조치가 인건비를 줄이는 거니까.

대행수의 말을 시작으로 다른 행수들도 각자 자신이 본 것을 말했다.

"저번에 봤을 때 망가져 있던 지붕이 아직도 고쳐져 있지 않았습니다."

"상단주님을 뵈었는데, 저는 허리띠의 장식이 마음에 걸렸습니다. 평소에는 볼 때마다 장식이 바뀌어 있었는데 최근에는 같은 장식만 하고 계시더군요."

점점 회의실의 분위기가 무거워졌다.

그 증언들은 생각보다 미과상단의 상황이 무척 좋지 않다는 것을 뜻했으니까.

행수들이 나가고, 아버지는 침음을 흘리셨다.

"그만큼 궁지에 몰렸다는 건가. 그럼에도 그 사실을 왜 숨기려는 것인지."

그 말에 적 각주가 말했다.

"그 자존심 때문이겠죠. 그러다가 큰일이 날까 걱정입니다."

오랫동안 은해상단과 사람들을 지켜봐 온 적 각주님의 말은 정확했다.

정말, 큰일이 났으니까.

나는 이전 삶에서의 기억 덕분에 무슨 일이 있었는지 알고 있다.

하지만 그걸 말할 수는 없는 노릇이기에, 행수들을 불러서 확인 절차를 거친 거다.

지금 미과상단을 힘들게 하는 것은 같은 약재 중개상인 남호상단.

그리고 그들은 비겁하고 치졸한 방법으로 미과상단을 무너뜨렸다.

하지만 이번에는 다를 거다.

내가 그렇게 일이 흘러가게 두지 않을 것이니까.

"아버지. 아무래도 제가 귀주성에 다녀와야 할 듯합니다."

"귀주성에 말이냐?"

"네. 정확하게 무슨 일이 있는지를 알아야 할 듯합니다. 만약 미과상단이 무너진다면 저희 상단에 얼마나 큰 손해겠습니까?"

나는 말을 이었다.

"저희 상단이 약재를 공급하는 곳이 무척 많습니다. 팔

인약방도 저희 상단에서 약재를 공급받습니다. 이런 상황에서 저희 상단의 약재 수급에 이상이 생긴다면 참 곤란해질 것 같습니다."

"그건 그렇지."

"하지만 현재 다른 분들은 바쁘시니, 제가 다녀오는 게 좋을 듯합니다."

애초에 현풍국은 갑작스러운 일에 대처하기 위해 만들어진 곳이다.

내 생각대로 아버지는 고개를 끄덕이셨다.

"좋다. 다녀오거라."

"네. 아버지."

"이왕 가는 거, 진호와 다녀오거라."

"네? 저, 저도요?"

진호 형과의 동행은 예상 못 했다.

.

.

.

이틀 후, 이른 아침.

나는 차장으로 향했다.

"왔냐?"

진호 형은 나보다 더 일찍 차장에 나와 있었다.

"빨리 왔네?"

"이왕 가는 거 빨리 움직여야지."

진호 형은 은풍대 육 조의 조장을 맡았고, 하여 육 조

전체를 데리고 가는 것으로 이야기가 되었다.

아무래도 조장과 조원들의 손발이 맞아야 하니 그 훈련을 할 겸 아버지가 진호 형을 보내신 듯했다.

"제가 늦었습니다."

그때 차장으로 누군가 들어왔다.

그와는 구면이었다.

미과상단과 약초를 거래할 때 전담으로 오가는 행수 중 하나였기 때문이다.

이름이 종길대라고 했던가?

"종길대 행수님, 맞으시죠?"

"맞습니다. 직급은 정급(丁級)입니다."

대행수가 병급이니, 대행수 바로 아래 등급이라는 의미이다.

아버지가 제법 신경을 써서 안내인을 붙여 주신 듯했다.

우리는 준비를 마치고 빠르게 출발했다.

귀주에는 큰 하천이 없어서 수로가 아닌 육로를 이용해야 했다.

가는 길에 형문산을 넘어야 했고 그 와중에 녹림을 만나서 통행료를 건네주어야 했다.

하지만,

"은해상단? 혹시 선협미랑께서 계시는 그곳…… 흐억!

서, 선협미랑 님이시다!"

"뭐라고? 선협미랑 님이시라고?"

"선협미랑 님을 직접 뵙다니! 영광입니다."

"여기 통행료……."

"에헤! 통행료라니요! 뭔 그런 섭섭한 말을 하십니까?"

"은해상단 때문에 우리가 살았는데."

"저희가 아무리 산채에서 녹림질을 한다고 해도 은혜
는 압니다."

"그냥 지나가십시오."

"뭣들 하냐? 길 안 치우냐?"

통행료 없이 길을 통과할 수 있었다.

저번에 의창에 돌림병이 돌았을 때 은해상단은 이곳에
서 구호 활동을 했다.

그때의 영향이 아직도 남아 있는 듯했다.

돌림병을 피해서 이동하지 않고, 오히려 호북성에 남아
서 열심히 움직인 보람이 있네.

그렇게 우리는 거침없이 나아갔고, 마침내 귀주에 도착
할 수 있었다.

미과상단은 당숙이 운영하는 상단이니만큼, 그곳에서
신세를 질 법도 하지만 우리는 그렇게 하지 않았다.

현재 사정이 어려운 만큼 부담이 될 것이 분명했으니
까.

또한, 우리가 이곳에 온 건 거래를 위해서가 아니라 미과상단의 일을 조사하러 온 것이다.

하여 우리는 미과상단에서 멀찍이 떨어진 곳에 위치한 객잔에 짐을 풀었다.

"이제 저녁을 드실 생각이십니까요?"

팔갑의 물음에 나는 고개를 끄덕였다.

"내려가자."

우리는 일 층으로 내려가 식사를 마쳤다.

그리고 점소이를 불러 가볍게 떠보듯 물었다.

"우리는 약재를 거래하러 왔는데 여기서 가장 유명한 곳이 어디입니까?"

점소이는 우리의 행색을 훑어보고는 답했다.

"규모가 좀 있으신 상단 같은데, 그러면 남호상단에 가 보시는 것을 추천해 드릴게요."

"남호상단…… 말입니까?"

"네. 제가 소협께만 살짝 말씀드리는 건데요. 남호상단에서 현재 약재값을 오 할 이하 수준으로 판매하고 있거든요."

그 말에 나는 순간 어이가 없어 헛웃음이 나왔다.

뭐? 오 할 이하?

미친 건가?

나는 점소이에게 되물었다.

"그 말이 진짜입니까? 오 할 이하라니……."

"믿지 못하시는 것도 이해됩니다. 세상에 그런 가격으로 약재를 파는 상단이 없으니까요. 그런데 진짜입니다."

점소이는 호언장담했다.

"그래서 지금 그곳과 거래하려는 이들이 말 그대로 줄을 섰습니다."

"가격은 그렇다고 칩시다. 약재의 질이 떨어지는 것 아닙니까?"

"남호상단과 거래를 하고 돌아가는 상단 분들에게 얘기를 들었는데, 약재의 질도 매우 좋다고 하더군요."

"그렇군요."

나는 고개를 끄덕이며 화제를 돌렸다.

"그러고 보니, 이곳에서 약재 거래라 하면 미과상단이 알아준다고 하던데……."

"그것도 다 옛말입니다."

"네?"

"거긴 좀…… 에휴, 남의 상단의 허물을 들추어서 좋은 건 없으니 이쯤 하겠습니다."

나는 주머니에서 돈을 꺼내어 슬쩍 내밀었다.

"그래도, 우리 같이 외지에서 온 상단들은 정보가 궁합니다. 이곳 사정에 대해 좀 더 알려 주시지요."

점소이는 주변을 둘러보더니 내가 내민 돈을 얼른 품에 넣으며 말했다.

"그렇게까지 말하니, 뭐, 알겠습니다."

그리고 점소이는 미과상단에 대해서 말해 주었다.

"한 일이 년 전쯤부터인가, 미과상단의 약재 질이 떨어진다는 소문이 돌았습니다. 그리고 실제로 약재의 질이 떨어져서 항의하러 방문한 자들도 제법 있었고요."

"미과상단에서는 어떻게 대응했습니까?"

"그런 적 없다면서 문전박대했다고 하더군요. 오히려 항의하러 온 자들을 사기꾼 취급했다고 합디다."

"……."

"그래서 지금 망해 가는 중입니다. 경쟁 상단에서 질 좋은 약재를 훨씬 싸게 파는데 어떻게 버티겠습니까?"

"그것도 그렇군요."

"결국 미과상단에서도 약재를 싸게 팔기 시작했는데, 남호상단은 더 싸게 팔기 시작했습니다."

나는 남호상단이 약재를 오 할 이하의 가격으로 팔게 된 이유를 알 것 같았다.

남호상단에서 약재를 싸게 팔기 시작하자 미과상단에서 더 싸게 팔았고, 남호상단이 그보다 더 싸게 팔기 시작했다.

여기까지는 이해가 되었다.

솔직히 가격 할인 경쟁이 없는 건 아니니까.

그리고 그 출혈경쟁의 승자는 깊게 생각하지 않아도 알 수 있다. 자본이 많은 자의 승리다.

내가 이해가 되지 않는 건, 미과상단의 약재의 질이 떨어졌다는 거다.

지금까지 미과상단에서 가지고 온 약재들의 질이 떨어

진 적은 단 한 번도 없었다.

아니, 미과상단은 언제나 질이 좋은 약재만을 넘겨주었다.

당숙은 질이 나쁜 약재를 팔 사람이 아니다.

당숙에게 상단 일을 가르친 사람은 작은 할아버지이고, 작은 할아버지는 은해상단에서 상단 일을 배운, 상단의 기조를 그대로 따르는 사람이다.

즉, 은해상단과 미과상단은 서로 엄연히 다른 상단이라고 하지만 그 정신의 뿌리는 같았다.

신뢰를 중요하게 여긴다는 거다.

게다가 당숙은 자존심이 세다.

그냥 센 것도 아니고 만년한철로 만든 대나무보다 더 셌다.

그런 당숙이라는 것을 알기에 그 말이 믿어지지 않는 거다.

나는 '남호상단이 비겁하고 치졸한 수를 썼다'라는 것과 '출혈을 감수하고 달려들었다'는 것 정도만 알지, 정확히 무슨 수를 썼는지까지는 모른다.

그땐 나도 일이 바빴고, 또 물어볼 분위기도 아니었기 때문이다.

그리고 시간이 지나고 나서는, 그때의 일을 묻는 건 간신히 아문 상처를 헤집는 것이 될까 봐 망설였고.

하지만 지금은 알 것 같다.

출혈경쟁도 모자라 좋지 않은 소문까지 낸 거다.

사람 셋이 모이면 없는 호랑이도 만들어 낸다고 했다.

소문은 정말 무서운 거다.

전에 단씨상단이 악의적인 소문을 퍼뜨린 탓에 자무인 형이 팔리지 않았던 적도 있었으니까.

누군가 별생각 없이 툭 던진 말이 소문이 되어 결국 큰일이 벌어진 일도 제법 된다.

의도하지 않은 소문도 그럴진대, 남호상단이 작정하고 낸 소문이다.

그게 진실이 되기까지 그리 오래 걸리지도 않았겠지.

하지만, 그동안 미과상단과 거래하면서 신뢰 관계를 쌓아 둔 상단이 적지 않을 터.

아무리 값싸게 약재를 넘겼다고 해도 그들이 전부 등을 돌렸다는 건 좀 이상한데…….

나는 아까 점소이가 했던 말을 떠올렸다.

"그리고 실제로 약재의 질이 떨어져서 항의하러 방문한 자들도 제법 있었고요."

나는 점소이를 불렀다.

"아까 말했던, 약재의 질이 떨어져서 항의했다는 그 상단들 말입니다."

"네."

"정확하게 어느 상단인지 아십니까?"

"그럼요! 잘 알죠. 이 근처에 있는 금씨상단에서 그런 일이 있었다고 하던데요."

금씨상단이라…… 한번 알아봐야겠네.

.

.

.

밤이다.

나는 객잔 뒤쪽 마당을 걷고 있었다.

머리가 복잡해졌기에, 잠시 걸으면서 생각을 정리하고 있었다.

미과상단에서 금씨상단에게 넘긴 약재의 상태가 불량하여 금씨상단에서 항의했다는 점소이의 말은 사실이었다.

방금 사람을 보내어 알아봤다.

실제로 약재의 질이 떨어졌고 하여 항의한 상단이 있었기에 다른 거래처들이 모두 등을 돌린 것이기도 했다.

헛소문이라면 해결은 쉽다. 이전에 했던 것처럼 소문으로 덮으면 되니까.

하지만, 이렇게 실제 사례가 있다면 일을 해결하는 건 진짜 어려워진다.

대체 뭐가 어떻게 된 것인지.

당숙이 그랬을 리가 없는데…….

"뭐 하냐?"

그때 뒤에서 반가운 목소리가 들렸다. 진호 형이다.

고개를 돌려보니 진호 형이 내가 선물해 준 창 '청룡무'를 들고 서 있었다.

"형이야말로 이 밤중에 뭐 하는데?"

"매일 하던 훈련을 빼먹으니까 몸이 찌뿌듯해서 몸을 좀 풀고 있었어."

역시 진호 형은 천상 무인이다.

그러고 보니 나도 수련을 해야 할 시간이구나.

사부님께서는 어떻게 아시는지, 수련을 빼먹으면 금방 알아차리시니까.

"그런데 표정이 별로 안 좋다? 혹시 당숙 때문에 그래?"

나는 고개를 끄덕이며 진호 형에게 하소연을 했다.

그걸 다 들은 진호 형이 창끝으로 바닥을 쿡쿡 찌르며 말했다.

"글쎄다. 당숙이 정말 그랬는지는 나도 잘 모르지. 하지만 내 감은 그래."

"……?"

"당숙은 억울하다고."

"그건 나도 동감이야."

"그래서 내가 직접 진짜인지 확인하고 싶다. 그런데 우리의 방문을 그쪽에서 달갑게 여길까? 방문 요청을 넣어도 차일피일 미룰 것 같은데?"

그 물음에 나는 대답했다.

"형, 인맥이라는 건 이럴 때 쓰라고 있는 거야."

.

.

.

며칠 후.

나는 진호 형과 함께 금씨상단으로 향했다.

"바쁘신 와중에 시간을 내주셔서 감사합니다."

우리의 인사에 금씨상단의 상단주가 허허 웃으며 손을 내저었다.

"대성상단주가 부탁하는데 내가 어찌 거절하겠는가?"

대성상단.

귀주성의 소금 소매상이다.

그리고 황제의 명으로 작풍기를 판매하는 상단이기도 했다.

나는 그곳에 '금씨상단주와 빠르게 만날 수 있게 해 달라'는 요청을 했고, 대성상단주가 힘을 써 주었다.

작풍기 판매에 대한 감찰권을 가진 나에게 밉보이고 싶지 않았기에 힘을 써 준 것 같은데.

어쨌거나, 덕분에 이렇게 금씨상단주와 금방 만날 수 있게 됐다.

나중에 따로 감사를 표해야겠네.

"그래, 무슨 일로 이렇게 급하게 보자고 했나?"

그 물음에 내가 단도직입적으로 목적을 밝혔다.

"미과상단과 거래하셨을 때 불쾌한 일이 있었다고 들었습니다."

"아, 그랬지. 그런데 그 일은 왜?"

"저희는 그 일에 대해서 조사하기 위해 왔습니다. 아실

지도 모르겠지만 저희도 미과상단과 거래하는 거래처 중 한 곳이라서 말입니다."

"아……."

금씨상단주는 고개를 끄덕였다.

"그거라면 이해가 가는군. 이제라도 거래처를 바꿔야 하는지 고민인가 보군."

"그렇습니다."

우선 나는 고개를 끄덕였다.

"하여 그때의 일에 대해 자세히 묻고 싶어서 이리 방문 요청을 드렸습니다."

"은해상단과 미과상단은 무척 각별한 사이라고 알고 있네만?"

"맞습니다. 그러니 더더욱 자세히 알아 봐야 하지 않겠습니까? 각별한 사이라는 것은 반대로 말하면 적이 되었을 때 가장 아픈 상대라는 의미이니 말입니다."

"……."

"또한, 그동안 쌓인 신뢰라는 것을 무너트리는 건 쉬운 일이 아니지요."

내 말에 잠시 생각하던 금씨상단주가 말했다.

"내키는 대로 조사할 수 있게 해 주겠네. 미과상단과 거래를 담당했던 대행수를 불러 모든 협조를 받을 수 있도록 해 주지."

나는 금씨상단주가 왜 갑자기 이렇게 협조적으로 나오는지 의아했다.

하지만 이어진 말에 내 궁금증이 풀렸다.

"나 역시 지난 세월 동안 미과상단과 쌓아 온 신뢰가 이렇게 무너지는 건 원하지 않으니까."

.

.

.

잠시 후, 우리는 한 대행수를 마주했다.

"처음 뵙겠습니다. 금씨상단의 대행수 만경이라고 합니다."

"은해상단의 소단주 은진호입니다."

"소단주 은서호입니다."

우리는 서로 인사를 했다. 그리고 나는 그에게 단도직입적으로 요청했다.

"저번 미과상단과의 거래 때 있었던 일에 대해서 설명 부탁드립니다."

만경 대행수는 고개를 끄덕이며 자세히 설명을 시작했다.

뭐 하나 특별할 것 없는 일반적인 상행이었다.

"그런데, 저희가 도착해서 약재를 정리하던 중에 불미스러운 일을 발견했습니다. 약재들 밑에 질이 좋지 않은 약재들이 들어 있었습니다."

"거래에서 장난을 치는 전형적인 수법 중 하나 아닙니까?"

소위 밑 깔기라고 부르는 거다.

그래서 약재를 살 때 상자를 뒤집어서 맨 밑에 있는 약재를 살피곤 했다.

"맞습니다. 하지만 미과상단은 믿을 수 있는 상단이기에……."

그래서 꼼꼼하게 검수하지 않고 물건을 가져왔는데 그런 일이 벌어졌다는 거다.

"하여 이에 대해 항의하러 갔습니다만……."

"문전박대를 당하셨다고요?"

"네. 어디서 모함을 하느냐고 오히려 큰소리를 치더군요."

"미과상단주님께서 직접 그리 말씀하신 겁니까?"

"네. 그렇습니다."

나는 고개를 끄덕이며 다른 이야기를 꺼냈다.

"그렇군요. 그나저나 아쉽습니다. 당시의 약재가 남아 있다면 좀 더 많은 조사를 할 수 있었을 텐데 말입니다."

"그거라면 남아 있습니다."

"……네?"

만경 대행수가 말을 이었다.

"혹시 몰라서 한 채를 따로 빼놨습니다."

문득, 만경 대행수의 얼굴에서 빛이 나는 것 같다는 생각이 들었다.

우리는 약재 창고가 있는 곳으로 향했고, 그곳의 창고들 중 작은 창고 안으로 들어갔다.

그곳에 문제의 약재 한 채가 놓여 있었다.

약재는 천마를 말린 것으로, 천마는 두통과 어지러움

그리고 고혈압과 반신불수 등에 두루 사용되는 약재다.

그리고 귀주성은 천마가 많이 나는 곳으로, 우리 은해 상단은 미과상단에서 전체 소요량의 반 이상의 천마를 납품받는다.

나는 가까이 다가가 약재를 자세히 살폈다.

약재의 아래쪽에 딱 봐도 질이 떨어지는 천마가 깔려 있었다.

이 약재를 포장한 솜씨는 약재를 전문으로 다루는 상단 직원의 솜씨다.

약재는 저마다 성질이 달라서 그에 맞추어 포장한다는 건 생각보다 까다로우니까.

그리고 포장 상태를 보니 외부의 누군가가 장난칠 수 없도록 상당히 꼼꼼하게 포장한 상태다.

그러니까 이건 미과상단에서 이 상태로 포장하여 납품 했다고밖에는 설명할 수 없었다.

하지만, 그래서 더더욱 의문이었다.

비싼 약재라면 이렇게 해서 이문을 더 챙겼을 테지만, 내 앞에 있는 건 천마다.

그리고 천마는 비싼 약재가 아니다.

저렇게 해 봤자 열 채에 은자 반 냥의 이득도 볼 수 없다. 오히려 저 불량한 약재를 저렇게 그럴듯한 모습으로 포장하느라 들인 수고가 더 아까울 정도다.

나는 남호상단에서 쓴 비겁하고 치졸한 수가 뭔지 알 것 같았다.

아무래도, 남호상단에 가 봐야겠다.

.

.

.

며칠 후.

나는 남호상단 앞에 있었다.

진호 형과 나는 물론이고 종길대 행수를 비롯하여 모두가 변장을 했다.

우리가 은해상단의 사람임을 숨기기 위해서다.

남호상단 앞에는 벌써부터 많은 상단이 줄을 서 있었다. 싼값에 약재를 거래하기 위해서다.

그렇게 한두 시진을 대기한 끝에 우리는 상단 안으로 들어갈 수 있었다.

대충 가상의 상단 이름을 대자 직원이 물었다.

"어떤 약재를 원하십니까?"

"천마하고……."

나는 약재의 이름을 몇 개 더 대고는 추가로 요청했다.

"견본을 볼 수 있겠습니까?"

"물론입니다."

그 말에 우리 일행은 견본이 있다는 곳으로 안내를 받았다.

그때 종길대 행수가 내게 가까이 다가와 속삭였다.

"드릴 말씀이 있습니다."

"……?"

"저기 보이는 저 행수와 저 직원들, 미과상단에서 본 적이 있습니다."

"네?"

"그곳에서 포장 일을 전담하던 자들입니다."

일의 전모를 알 것 같았다.

남호상단에서 사람을 써서 미과상단의 상품에 장난을 친 거다.

하지만 이내 드는 의문.

그러면 왜 은해상단으로 납품하는 상품에는 장난을 치지 않은 거지? 솔직히 그게 더 파급력이 셀 텐데?

나는 종길대 행수에게 물었다.

"하나 묻고 싶은 것이 있습니다."

"말씀하십시오."

"혹시 저희 상단에 보내지는 약재들은 저들이 아닌 다른 이들이 담당합니까?"

내 물음에 그는 고개를 끄덕였다.

"네, 저희 상단에 보내지는 약재들은 상단주와 수석 대행수가 직접 담당하십니다."

"그렇군요."

역시 그랬다.

그때 남호상단의 직원이 다가와 물었다.

"약재는 보셨습니까?"

"네. 약재의 질이 무척 좋군요."

"물론입니다. 저희 상단주님께서는 약재의 질을 무척이

나 신경 쓰십니다. 어디의 그 상단과는 달리 말입니다."

뭐지?

말 속에 뼈가 있는데?

하지만 그걸 내색하지 않고 미소 지으며 말했다.

"여기 있는 천마와 이것, 그리고 저거까지, 백 근씩 주십시오."

"알겠습니다."

우리는 객잔으로 돌아왔다.

그리고 진호 형과 종길대 행수를 내 방으로 불렀다. 의논할 것이 있었기 때문이다.

"그러니까, 남호상단에서 당숙네 상단에 사람을 넣어서 그런 치졸한 수를 썼다는 거야?"

진호 형의 말에 나는 고개를 끄덕였다.

"사람을 넣은 건지, 사람을 매수한 건지는 모르겠지만 내 생각은 그래."

종길대 행수도 내 의견에 동의했다.

"저 역시 국주님 생각과 같습니다. 그게 아니라면 미과 상단에서 약재 포장을 담당하던 행수와 직원들이 그곳에 있을 리가 없으니까요."

"네, 그리고 약재의 질이 좋지 않아서 항의했다는 상단이 삼 개월 전부터는 나오지 않았으니 제 생각에는 그쯤 저들이 미과상단을 나왔을 겁니다."

"하지만 그걸 어떻게 증명할 건데? 막말로 사정이 어려워서 미과상단을 나온 저들을 딱하게 여겨서 거두어 주었다고 할 수도 있는 거 아니야?"

역시 진호 형.

내가 보는 진호 형은 상재가 없는 것뿐이지 시야가 무척 넓다.

"할 수도 있는 게 아니라, 확실히 그렇게 나오겠지."

"그러니까!"

"그런데 진호 형. 솔직히 말할까?"

"응?"

"그 소문을 헛소문이라고, 조작된 소문이라고 돌리기에는 이미 늦었어."

내 말에 종길대 행수가 말을 이었다.

"국주님의 말씀대로입니다. 이미 직접적인 피해자가 나왔습니다. 그들에게 남호상단의 농간에 놀아난 거라고 말한다고 해도 이미 기분이 상한 상황이라 씨알도 먹히지 않을 겁니다."

"기분이 상한 상황?"

"당숙이 문전박대했다고 했잖아."

"아……."

당숙으로서는 문전박대할 수밖에 없었을 거다.

그런 건 미과상단에서 있을 수 없는 일이니, 자기들에게 누명을 씌우려 한다고 생각했겠지.

나는 한숨을 내쉬었다.

당숙은 자존심을 내세우지 말고 우선 사과를 하면서 자

초지종을 알아봤어야 했다.

아무튼, 지금은 이게 중요한 게 아니다.

"저는 그런 치졸한 수를 쓴 남호상단을 이대로 놔둘 생각이 없습니다. 그들의 목적이 뭔지 알 것 같거든요."

"목적 말씀입니까?"

"예, 남호상단이 이렇게까지 치졸한 수를 쓰고 제 살 깎아먹기를 하면서까지 미과상단을 망하게 하려는 이유가 뭐라고 생각하십니까?"

"그야, 독점을 원해서 그런 것 아닙니까?"

"그들이 원하는 대로 이 지역 약재 거래를 독점하게 되었을 때, 남호상단은 어찌 나올까요?"

"아!"

종길대 행수의 눈이 커졌다.

"가격을 올리겠군요."

"맞습니다. 그럼 뾰족한 대안이 없으니, 저희를 포함한 귀주의 약재를 취급하는 상단들 입장에서 별수가 있나요? 비싸게 살 수밖에요."

나는 말을 이었다.

"그럼 저희 상단 역시 큰 피해를 입겠죠."

내 추측인 것처럼 말했지만, 이건 진짜 일어났던 일이다.

미과상단이 망하자, 남호상단은 주변의 작은 상단들을 강제로 합병하여 덩치를 키웠다.

결국, 귀주성의 약재 중개상은 남호상단밖에 남지 않게 되었다.

완벽히 귀주의 약재를 독점 공급할 수 있는 상황이 되자, 남호상단은 약재의 가격을 크게 올렸다.

약재를 거래하던 상단들은 난색을 표했지만, 결국 그 비싼 가격에라도 약재를 살 수밖에 없었다.

하여 우리 상단 역시 힘든 시간을 보내야 했고, 결국 많은 시간과 비용을 들여 귀주에 지부를 세우는 식으로 간신히 문제를 해결했다.

종길대 행수가 우려를 표했다.

"하지만…… 이미 그렇게 되어 가고 있는데 이걸 무슨 수로 막아 내겠습니까?"

"방법이 있습니다."

두 사람의 시선이 내게 집중되었다.

나는 차분히 말을 이었다.

"종두득두라고 했습니다."

종두득두(種豆得豆).

콩을 심으면 콩을 얻는다.

"남호상단에서 콩을 심었으니, 저희 역시 콩을 내주는 것이 인지상정 아니겠습니까?"

약재 가격이 오 할 이하라니!

내가 볼 때 남호상단은 지금 상당히 무리하고 있다. 그리고 출혈경쟁은 자본 싸움이다.

자본 싸움은 덩치 대 덩치의 싸움.

자랑은 아니지만, 우리 상단은 호북성에서 세 손가락 안에 드는 상단이다.

반면 남호상단은 특정 상품을 주력으로 하는 중개상 정도.

마음만 먹는다면 자본 싸움에서 절대 질 수가 없다.

"저들도 한 번 경험해 봐야지요. 자본 때문에 피 말리는 기분이 어떤 건지."

그리고 이건 지난 삶에서 자살을 택한 당숙을 위한 복수이기도 했다.

.

.

.

나는 아버지에게 서신을 썼다.

내가 조사한 결과와 이대로 두면 어찌 될지에 대한 내 생각.

그리고 이를 막기 위해 필요한 지원과 그 방법에 대해 적은 서신이었다.

"금령아, 나와 봐."

"꾸이?"

금령이 내 소매 안에서 나와 고개를 내밀었다.

"서신 배달 좀 부탁할게."

"꾸……?"

어째 대답이 시원찮네.

그럴 땐 방법이 있다. 나는 은자를 내밀며 말했다.

"잘하면 이걸 줄 수도 있고?"

"꾸잇!"

내 말에 금령은 얼른 자신의 꼬리를 내밀었다. 진짜 이렇게 돈을 밝히는 녀석도 처음이다.

그런데 어떻게 서신 배달 한 번에 은자 하나냐?

쌀 한 가마에 은 반 냥인 것을 생각하면 손 떨리지만, 그래도 그 이상의 역할은 톡톡히 했으니까.

나는 금령의 꼬리에 서신을 단단히 매어 주었다.

"아버지께 부탁해."

"꾸익!"

금령은 창문을 통해 쏜살같이 튀어 나갔고, 곧 점이 되어 사라졌다.

확실히 빠르기는 빨랐다.

다음 날, 아침.

나는 아버지에게 답장을 받았다.

[네 말대로 될 것이 확실하구나. 그러면 여러모로 큰일이지. 너의 생각대로 해 보거라.]

아버지의 허락이 떨어졌다.

* * *

남호상단.

상단주는 지금 무척이나 기분이 좋았다.

"그래, 지금 미과상단과 거래하던 이들의 팔 할이 넘어왔다는 거지?"

"그렇습니다."

부관의 보고에 남호상단주가 물었다.

"그럼 아직 넘어오지 않은 이들은 어디지?"

"은해상단과……."

부관은 몇몇 상단의 이름을 말했고, 남호상단주는 고개를 끄덕였다.

"얼마 안 남았군. 그중에서도 은해상단만 처리하면 사실상 끝이다."

"그건 맞습니다만…… 그들은 미과상단주와 혈족 관계지 않습니까? 쉽지 않을 듯합니다."

"돈 앞에 혈족이고 뭐고 없다. 손해라고 판단되면 결국은 우리 쪽과 거래하게 될 터."

부관은 고개를 끄덕였다.

"저, 그들은 어떻게 할까요? 있잖습니까? 그 미과상단에서 저희의 지시대로 다른 상단으로 갈 물건에 질이 떨어지는 물건을 집어넣었던 자들 말입니다."

"현재 우리 쪽에서 일하고 있다고 했지?"

"네. 그렇습니다. 혹시 다른 이들이 이에 대해서 의문을 가져도 둘러댈 말은 있지만, 혹시 저들이 죄책감 때문에 미과상단으로 가서 털어놓기라도 하면 낭패입니다."

잠시 생각하던 남호상단주가 말했다.

"죽은 자는 말이 없지."

그 말이 대답이 되었다.

"처리하겠습니다."

그때였다. 밖에서 누군가의 목소리가 들렸다.

"상단주님. 저, 서 총관입니다."

"들어오게."

문이 열리고 서 총관이 들어왔다.

"그래, 무슨 일이지?"

"이번 달 재정 보고를 드리고자 왔습니다."

그는 보고서를 내밀며 말했고, 남호상단주는 보고서를 펼쳤다.

"약재를 사 오는 가격에 비해서 너무 싸게 팔기 시작하면서 급격하게 상황이 좋지 않아졌습니다."

"확실히 그렇긴 하군."

그는 보고서를 다시 말아 서탁 위에 놓으며 물었다.

"그래서 앞으로 얼마나 버틸 수 있지?"

"이 추세라면, 아직 반년 정도는 더 버틸 수 있습니다."

"반년이면 충분하지."

"하지만 중간에 무슨 일이라도 생긴다면, 그땐 장담할 수 없습니다."

"그럴 일은 없네. 미과상단은 여기서 가격을 더 내릴 수 없을 테니까. 지금 죽을 맛이겠지."

"그렇겠지요."

"그러니까 서 총관, 걱정할 것 없네. 우리가 이 귀주성의 유일한 약재 중개상이 되면 그때 약재값을 올려 받을 생각이니까. 솔직히 다섯 배 이상을 받아도 저들이 어쩌겠는가? 우리에게서 약재를 살 수밖에."

"상단주님의 말이 맞습니다."

부관이 고개를 끄덕여 동의했다.

"그러면 우리도 천하 백대 상단의 명단에 이름을 올릴 수 있겠죠."

남호상단주가 미간을 찌푸리며 혀를 찼다.

"그러니까, 약재의 가격을 서로 합의하자는 내 의견을 왜 거절해서는. 쯧쯧."

* * *

은해상단에서 사람들이 왔다.

아버지께서 내 계획을 위해서 보내 주신 이들로, 은풍대 삼 조와 일꾼들이다.

내가 먼저 지시를 내린 건 인적이 드문 산속에 있는 커다란 장원을 매입하는 것이었다.

잠시 후,

"계시오?"

누군가 그 장원으로 왔고, 나는 얼른 그들을 맞이했다.

"여기, 부탁한 약재들을 가지고 왔소이다."

"제 부탁을 들어주셔서 감사합니다."

"허허허, 수고비를 넉넉히 챙겨 주니, 내가 더 고맙소."

"이 일은 비밀로 해 주셔야 합니다."

"물론이오!"

나는 남호상단과 거래하기 위해 온 상단들을 상대로 부탁을 했다.

남호상단이 제시한 약재값보다 더 많은 돈을 주며 그 돈으로 약재를 사서 가져다 달라고 한 것.

그들로서도 나쁜 거래가 아니었다.

그렇게 우리가 마련한 장원에 약재들이 차곡차곡 쌓이기 시작했다.

내가 직접 가서 약재를 사도 되지만, 그러다 보면 의심을 살 수도 있는 일.

그렇기에 이렇게 저들에게 부탁한 거다.

"국주님. 더는 약재를 쌓아 놓을 곳이 없습니다."

"그러면, 근처에 장원을 하나 더 매입하도록 하죠."

"알겠습니다."

그렇게 한 달이 지났다.

장원 일곱 개에 약재를 꽉꽉 채웠다.

이제 슬슬 본격적으로 움직일 때가 되었다.

"팔갑."

"네, 도련님."

"준비해. 당숙에게 갈 거야."

"알겠습니다요."

.
.
.

내가 있는 곳에서 당숙의 상단이 있는 곳까지는 말을 달려 하루 정도가 걸렸다.

미리 전갈을 보냈기에, 우리가 도착하자 당숙이 밖으로 나와서 우리를 맞아 주었다.

"은진호가 당숙을 뵙습니다."

"은서호가 당숙을 뵙습니다."

"허허허! 어서 오너라."

당숙은 크게 웃으며 우리를 맞이해 주었다.

"먼 여정에 고생이 많았다."

먼 여정은 아니었습니다. 고작 하루 거리였으니까요.

하지만 그걸 모르는 당숙은 우리에게 피곤할 것 같다면서 숙소로 안내해 주었다.

우리 뒤를 따라오던 종길대 행수가 작은 목소리로 나에게 말했다.

"전에 망가져 있던 지붕은 아직도 그대로입니다. 그리고 상단주님의 허리띠 장식 역시 똑같습니다."

"그렇군요."

숙소에서 잠시 쉬던 우리는 식사 시간이 되자 당숙의 시종의 안내를 받아 식당으로 향했다.

당숙모와 육촌형제와 인사를 나누는 사이, 음식들이 나왔다.

그 음식들을 보자 나는 속으로 헛웃음을 지었다.

이 당숙이⋯⋯.

그 음식들은 제법 비싼 축에 속하는 음식들이었기 때문이다.

아마도 어렵다는 것을 티 내지 않기 위해서인 듯하지만, 사정이 좋지 않다는 서신을 보내 놓고 이러는 건 좀 그랬다.

자존심 때문이겠지.

이렇게 우리에게까지 체면을 차리고자 하는 모습을 보니 뭔가 안쓰럽기도 했다.

하지만 이왕 차린 음식이다.

맛있게 먹어 주는 게 예의지.

"잘 먹겠습니다."

"그래, 많이 먹거라."

그렇게 식사를 마치고, 나는 당숙에게 말했다.

"잠시 시간을 내주셨으면 합니다."

"그래, 내 집무실로 가자꾸나."

"네."

잠시 후,

나와 진호 형은 당숙의 집무실로 향했다.

당숙은 우리에게 자리를 권했고, 우리는 다탁 앞에 앉았다.

"우선, 아버지께서는 당숙께서 보내신 서신을 보고 안타까워하셨습니다. 그리고 은월각에서는 당숙께 돈을 보내기로 했습니다."

나는 다탁 위에 전표 하나를 올려놓았다.

"여기, 은해상단에서 보내는 전표입니다."

은자 천 냥짜리 전표다.

그걸 본 당숙은 살짝 입술을 깨물었다. 그리고 한숨을 내쉬며 말했다.

"아버지께 감사하다고 전해 드리거라."

그리고 당숙은 그 전표를 집으려 했다. 그때 나는 재빨리 그 전표를 잡으며 말했다.

"이 전표에는 한 가지 조건이 있습니다."

"조건?"

"네."

나는 고개를 끄덕였고, 말을 이었다.

"오늘부터 반년. 그동안 이 미과상단의 상단주 자리를 저에게 위임해 주십시오."

내 말에 당숙은 발끈했다.

"뭐? 상단주 자리를 위임해? 그게 무슨 소리냐?"

예상했던 반응이기에 나는 가만히 당숙을 바라보았다.

"그게 무슨 소리냐고 묻지 않았느냐?"

"현재 적자가 얼마나 되십니까?"

내 물음에 당숙은 움찔했다.

"이 은자 천 냥으로, 적자를 다 메울 수는 있으십니까?"

"……."

당숙은 대답하지 못했다.

불가능하다는 것을 당숙 본인이 더 잘 알고 계시니까.

"사실 제가 귀주에 온 것은 훨씬 전이었습니다. 은해상단과 엄연히 다른 상단이라고 해도 당숙은 혈족이 아닙니까? 하여 아버지께서는 대체 무슨 상황인지 알아보라고 하셨거든요."

나는 말을 이었다.

"이미 지금 상황에 대해서는 잘 알고 있습니다. 그러니 제 앞에서 무리하게 자존심을 세우지 않으셔도 됩니다."

"……."

잠시 정적이 흘렀고.

"ㅎㅎㅎㅎ."

이내 당숙의 입에서 웃음이 흘러나왔다.

"그렇단 말이지? 다 알고 왔다는 말이지? 그래서 뭐냐? 이 미과상단을 은해상단에서 흡수하겠다 뭐 그런 거냐?"

상단주 자리를 위임해 달라고 했으니 당숙의 입장에서는 그렇게 생각할 수밖에 없다.

하지만,

"저희가 왜 이곳을 흡수할 거라고 생각하시는 겁니까?"

"뭐?"

"뭔가 오해를 하시는 듯하네요."

"오해라니? 그게 아니면 왜 상단주 자리를 위임해 달라고 하는 것이냐?"

"순망치한(脣亡齒寒)이라고 했습니다."

입술이 없으면 이가 시리다는 의미다.

"미과상단이 입술이라면, 저희 은해상단은 치아라고 할 수 있습니다. 미과상단이 망한다면."

"망하긴 어디가 망한다는 것이냐?"

내 말에 당숙은 또다시 발끈했다.

"당숙, 현실을 직시하시죠. 제가 볼 때 이미 누적 적자가 은 삼만 냥은 거뜬히 넘었을 것 같은데요."

"……."

"아무튼, 미과상단이 망하면 저희 은해상단도 손해를 볼 수밖에 없습니다. 저희가 귀주성의 약재를 이곳에서 납품받고 있으니 말입니다."

나는 말을 이었다.

"미과상단이 망한다면 남호상단이 귀주 제일의 중개상이 될 거고, 그렇게 되면 그들도 절대로 지금의 가격을 유지할 리가 없습니다."

"……."

"분명 가격을 크게 올리겠죠. 그래서 미과상단이 망하면 안 된다는 겁니다."

나는 잠시 숨을 고르고 말을 이었다.

"하여 반년 동안 저에게 상단주 자리를 위임해 주시면, 이 미과상단을 살려 볼까 합니다."

"정말 내 상단에 관심이 없는 것이냐?"

아, 이 당숙이 왜 이렇게 의심이 많아.

나는 속으로 한숨을 내쉬고는 되물었다.

"당숙, 저희 은해상단이 미과상단을 먹어서 득 될 것이

있다고 보십니까? 차라리 다른 상단을 하나 세우는 것이
더 낫지 않을까요?"

"……."

당숙은 아무런 대답도 하지 못했다.

자존심 강한 당숙이 합병에 동의하지 않을 것을 아는
데, 굳이 힘 뺄 필요는 없다.

그런데 왜 큰돈을 들여서 미과상단을 살리냐고?

다 은해상단에 이득이 되니까 이러는 거다.

"이 제안은 조카를 생각하는 제 조부님을 위한 제안이
기도 합니다. 그래도 조부님이 살아 계시는 동안은 떳떳
하게 고개 들고 찾아뵈어야 할 것 아닙니까?"

당숙은 흠칫했고, 한숨을 내쉬었다.

현재 당숙의 약점이라고 하면, 조부님이다.

당숙에게는 조부님이 백부가 되시고, 내가 알기로 작은
조부님이 병으로 돌아가실 때 조부님께 자신의 아들을
위탁했었다.

하여 조부님이 은해상단주 자리를 아버지에게 물려주
시고, 이곳에서 오 년 정도 머무르며 후견인 역할을 해
주셨다.

그래서 이전 삶에서 당숙의 자살 소식을 듣고 무척이나
슬퍼하셨다.

당숙은 내 말을 듣고는 장고를 거듭했다.

그래 봤자 결국 나올 수 있는 결론은 하나뿐이다.

"어떻게…… 이 미과상단을 살릴 생각이지?"

"그건 영업 비밀입니다."

"반년 안에 상황이 더 악화되면 어쩔 생각이지?"

"그럴 일은 없습니다만, 만약 그렇게 된다면."

나는 주머니에서 전표 세 장을 더 꺼내어 탁자 위에 올려놓았다.

은자 만 냥짜리 전표 세 장이다.

"이걸 드리죠."

"……!"

당숙의 눈동자가 커졌다.

나는 말을 이었다.

"그러니, 당숙도 조건을 하나 거셔야겠습니다. 제가 반년 안에 미과상단의 상황을 수습하고 재정을 흑자로 돌린다면 어찌하시겠습니까?"

"그땐……."

잠시 생각하던 당숙이 말을 이었다.

"미과상단과 은해상단의 합병과 상단주 자리를 내놓으라는 것 이외에 네가 원하는 것 하나를 들어주마."

"그 말씀은 저희의 조건을 받아들이신다는 의미죠?"

"아……."

나는 씨익 웃으며 말을 이었다.

"그럼 오늘부터 제가 상단주 대행입니다."

.

.

.

다음 날.

나는 미과상단의 모든 이들을 불러 모았다.

사람들은 의문 가득한 얼굴로 나를 바라보고 있었다.

"반갑습니다. 제 이름은 은서호. 은해상단의 소단주이자 현풍국의 국주를 맡고 있습니다. 아시는 분은 아시겠지만 미과상단주님이 제 당숙이십니다."

나는 말을 이었다.

"그리고 오늘부터 반년 동안 제가 이 미과상단의 상단주 자리를 위임받게 되었습니다."

"……!"

사람들의 표정은 경악으로 바뀌었다.

"현재 미과상단의 상황이 좋지 않다는 건 여러분들이 더 잘 아실 겁니다."

"……."

"이런 상황에서 왜 제가 상단주의 자리를 위임받았을까요?"

나는 씨익 웃으며 말했다.

"그건 이 미과상단을 살려 보기 위해서입니다."

사람들의 눈에는 의구심이 가득했다.

망해 가는, 아니 거의 망했다고 봐도 무방한 이 상단을 정말 살릴 수 있는지에 대한 의구심.

상단이 어렵다는 건 사실 고용인들이 더 잘 안다.

그러니 내 말이 믿기지 않는 거겠지.

"안 될 것 같습니까? 하지만 됩니다. 물론 여기에는 한 가지 반드시 필요한 것이 있습니다. 그건 여러분들의 협조와 지지입니다."

나는 숨을 돌리고는 다시 말을 이었다.

"이 미과상단은 지금까지 여러분의 일터였으며, 밥줄이었습니다. 또한, 이 미과상단에서 번 돈으로 여러분의 부모를 봉양하고 자녀들을 키워 시집보내고 장가보냈습니다. 그럼 이제 그 은혜를, 갚으셔야 한다고 생각합니다."

사람들은 고개를 끄덕였다.

"이대로 미과상단이 망하는 것을 두고 볼 수는 없는 노릇이지 않습니까?"

"그, 그래. 맞아. 이대로 망하게 두는 건 염치가 없지."

"암! 사람이 은혜를 알아야지."

"그럼!"

미과상단 역시 은해상단에서 일을 배운, 작은 조부님이 세운 상단이다.

그렇기에 직원들에 대한 복지가 좋았고 그게 미과상단의 위기에서 직원들을 뭉치게 했다.

이래서 평소에 잘해 줘야 한다니까.

이렇게 사람들의 마음을 움직였지만, 곧 현실적인 문제가 고개를 들기 시작할 터.

그러니 그 현실적인 문제를 해결해 주는 것이 중요하다.

"하여, 반드시 미과상단을 살리겠다는 약속의 증표로,

오늘 그동안 밀린 봉급을 드리겠습니다."

"지, 진짜?"

"정말 봉급을 준다는 거야?"

나는 고개를 끄덕였다.

당숙에게 자초지종을 들으니, 은해상단에 대출 요청을 한 이유가 상단 사람들의 봉급을 주기 위해서였다고 했다.

벌써 삼 개월째 봉급을 주지 못했다고 한다.

그런 상황에서 밀린 봉급을 준다는 말에 사람들의 지지가 확 올라간 건 당연했다.

"앞으로 제가 반년 동안 할 일은 여러분의 상식으로는 이해할 수 없는 일입니다. 상단주 대행이 미쳤다는 말이 하루에도 열 번은 더 나올 겁니다. 그래서 드리는 말씀입니다."

나는 씨익 웃었다.

"굳이 이해하실 필요 없습니다. 그냥 제가 하라는 대로만 하면 됩니다. 그러면 앞으로 반년 후 이 미곽상단은 지금의 어려움을 이기고 여러분의 자랑이 될 겁니다."

나는 그리 말을 마치고 당숙을 보았다.

"한 말씀 해 주시지요."

내 말에 당숙이 헛기침을 하며 나섰다.

"험, 험험. 그리되었네. 그러니 앞으로 반년 동안은 여기 은서호 상단주 대행을 나라고 생각하고 받들게나."

나는 모두를 보며 말했다.

"혹시 미과상단에서 일하기 싫은 분 계십니까?"

"……."

"만약 계신다면 오늘까지 저에게 말씀해 주십시오. 그럼 퇴직금 정산하여 드리겠습니다. 하지만 기억하십시오. 한 번 나간 분, 다시는 받아 주지 않습니다."

나는 씩 웃었다.

"자, 그러면 일 시작합시다!"

.

.

.

나는 상단의 일꾼들에게 일을 지시한 후 당숙에게 향했다.

당숙은 현재 내당에 있었다.

앞으로 반년 동안은 내당에서 칩거하신다고 했기 때문이다.

"서호야."

나를 부르는 목소리에 고개를 돌려 보자, 육촌 형님이 나를 보고 있었다.

이름은 은지서.

현재 미과상단의 소단주이기도 했다.

"네, 형님."

"정말…… 정말 네가 이 상단을 살릴 수 있다는 거냐?"

지서 형님의 눈에는 우려가 가득했다.

"살려 보려고요."

"하지만, 무엇을 위해서 그리 수고를 한단 말이냐?"

"이문입니다."

"이문?"

"상인이 이문이 있으니 움직이는 것 아니겠습니까?"

"……그렇구나. 알겠다."

지서 형님은 터벅터벅 걸어서 자리를 떴다. 방향을 보니 지서 형님의 처소다.

"형님, 어디 가십니까?"

"내 처소로 간다. 아버지께서 당분간 너에게 상단주 자리를 위임했는데 내가 상단에서 뭘 더 한단 말이냐?"

"그래서요?"

"그러니 나 역시 할 일이 없으니 처소에서 서책이나 읽으려고 한다."

"형님, 제가 원한 건 상단주 대행이지 소단주 대행은 아닙니다. 일하셔야지, 어딜 농땡이 치려고 하십니까?"

"어?"

"우선, 상단주 집무실에서 기다리고 계십시오. 아, 이왕이면 당숙께도 집무실로 와 달라고 전해 주십시오."

잠시 후,

진호 형과 함께 집무실에 들어가니 당숙과 지서 형님이 기다리고 있었다.

"나를 불렀다고?"

"네, 당숙."

나는 그 앞에 앉으며 말했다.

"차 드시겠습니까?"

"생각 없다."

나는 지서 형님을 보았고, 지서 형님도 고개를 저었다.

"그럼 바로 본론으로 들어가죠. 삼 개월 전쯤부터 미과
상단에서 판 약재가 불량이라면서 항의한 이들이 있었다
고 들었습니다."

"아, 그랬지."

당숙은 고개를 끄덕이다가 그때의 기억이 다시 떠올랐
는지 분노를 터뜨렸다.

"하지만 말도 안 되는 이야기지! 우리 미과상단은 다른
건 몰라도 상품의 질은 최상급이다. 그런데 뭐? 약재의
질이 불량하다고? 흥! 어디서 그딴 수작을!"

나는 묵묵히 그 말을 들어 주었다.

그렇게 한참을 들어 주자, 어느 정도 분이 풀리셨는지
진정하고 입을 닫으셨다.

"그런데, 뭔가 이상하지 않습니까? 그 상단들, 미과상
단과 제법 오래 거래를 했던 이들 아닙니까?"

"그렇지. 그러니까 내가 더 화가 나는 거다!"

"그럼 그들은요? 그 상단들 역시 이곳과 오랫동안 거래
했던 만큼 신뢰 관계가 형성되어 있습니다. 고작 그런 것
으로 억지를 부려서 신뢰 관계를 깨트릴까요?"

"……."

"그리고 한두 군데도 아니고 대여섯 곳이나 그러했습

니다.”

나는 두 사람의 눈을 보며 물었다.

“뭔가 이상하다고 생각되지 않으십니까?”

내 말에 지서 형님이 고개를 끄덕였다.

“확실히 이상하구나.”

그제야 당숙도 뭔가 이상함을 깨달은 듯했다.

“그, 그러고 보니…….”

“하여 저는 이를 조사했고, 미과상단에서 넘긴 약재의 질이 정말 불량하다는 것을 알게 되었습니다.”

“그, 그럴 리 없다!”

당숙은 펄쩍 뛰었다.

“그 있을 수 없는 일이 진짜 일어났습니다. 대체 어찌 된 일일까요?”

나는 내 옆에 앉아 있던 진호 형에게 말했다.

“형, 부탁해.”

“알았어.”

진호 형은 집무실에서 나갔고, 잠시 후 내 호위무사 두 명과 함께 들어왔다.

서우 무사와 진유 무사다.

그리고 그 둘은 한 무리의 이들을 데리고 집무실에 들어왔다.

“아니, 자네들은?”

당숙은 당황하여 그들과 나를 번갈아 보았다.

“낯이 익으시죠?”

당숙은 고개를 끄덕였다.

"우리 상단에서 일하던 이들이네. 그리고 사정이 어려워져서 삼 개월 전에 내보냈지."

나는 그들에게 말했다.

"사실대로 말씀드리는 게 좋아요. 목숨도 살려 드렸는데, 말이죠."

증거를 남기고 싶어 하지 않은 남호상단주는 혹시라도 저들이 변심하여 실토하면 어쩌나 하고 불안했을 거다.

그런데도 삼 개월 동안 건드리지 않은 건, 남호상단에서 일하기 시작한 지 얼마 되지 않아 실종된다면 여러모로 의심받을 수 있기 때문이다.

그리고 이제 슬슬 처리해도 될 거라고 생각했는지 남호상단주는 저들의 입을 막으려 들었다.

하지만 그 시도는 내가 보낸 서우 무사와 진유 무사에 의해 저지되었다.

그럴 것 같아서 저들을 감시 및 보호하라고 보내 놓았기 때문이다.

내 말에 그들은 무릎을 꿇고 머리를 바닥에 박았다.

"소, 송구합니다."

"저희들이 죽을죄를 지었습니다."

"정말 송구합니다."

갑작스러운 사죄에 당숙은 영문을 몰라 당황했다.

"진정들 하고, 대체 왜 그러는 건가?"

"저희가, 상품에 불량품을 끼워 넣었습니다."

"……뭐?"

당숙은 적잖은 충격을 받은 듯했다.

그도 그럴 것이, 당숙은 항의하러 방문했던 상단들을 모두 사기꾼 취급하여 문전박대했는데 진짜 상품의 질이 좋지 않았다는 거니까.

"대체 왜 이런 짓을……."

"그게……."

무릎을 꿇은 이들 중 행수가 머뭇거리며 말했다.

"남호상단주의 꼬임에 넘어갔습니다. 시키는 대로만 하면 거금을 준다고 했습니다. 그리고 만약 미과상단에서 나오게 된다고 해도 남호상단에서 받아 준다고……."

한마디로 매수당했다는 거다.

그들은 자신들이 했던 일에 대해 모든 것을 실토했다.

"저희가 죽을죄를 지었습니다."

"그동안 미과상단이 저희에게 얼마나 잘해 주었는데, 그걸 잊어버리고……."

"저희가 천하의 배은망덕한 놈들입니다."

그들이 연신 머리를 박으며 사죄했지만, 당숙은 아무런 말도 하지 못했다.

나는 진호 형에게 다가가 조용히 속삭였다.

"형, 저들을 데리고 나가도 될 것 같아."

내 말에 진호 형은 두 호위무사와 함께 저들을 데리고 나갔다.

나는 당숙에게 말했다.

"당숙께서는 항의하러 온 상단들에게 무조건 화를 내는 것이 아니라, 자초지종을 알아보셔야 했습니다."

"그랬어야 했는데……."

"솔직히 늦은 감이 있지만, 그래도 당숙이 반드시 해주셔야 할 일이 있습니다."

"그게 뭐지?"

"사과입니다."

"사, 사과…… 를 하라고?"

"네."

"하지만 어찌 내가 그들에게 고개를 숙인단 말인가? 자존심 상하게……."

"애초에 일이 이리된 건 당숙께서 그럴 리 없다며 저들을 문전박대 한 탓입니다."

"……."

"인정하시죠?"

"……."

나는 가만히 당숙을 바라보았다. 내 기세 때문인지 당숙은 결국 눈을 질끈 감으며 인정하고 말았다.

"그래! 내 잘못이다!"

"그럼 당숙께서는 왜 그런 악수를 두셨을까요?"

"……."

당숙의 침묵에 내가 대신 대답해 주었다.

"당숙의 자존심 때문입니다."

"큭!"

당숙이 자존심이 아주 강하다는 것을 남호상단주가 모를 리 없다.

그러니 이런 수를 쓴 거다.

당숙이라면 자초지종을 알아볼 생각도 하지 않고 발끈할 테니까.

실제로도 그러했고.

"현재, 미과상단이 불량한 약재를 섞어 팔았다는 건 진실입니다. 어쨌거나 그런 일이 있던 건 사실이니까요."

"……."

"그럼, 당숙께서 그 상단들을 찾아가셔서 사과하시는 것이 더 자존심에 상처가 나는 일일까요? 아니면 이대로 미과상단이 신용 없는 상단이 되는 것이 더 자존심에 상처가 나는 일일까요?"

나는 당숙의 눈을 보며 강하게 말했다.

"제가 이 상단을 살린다고 해도, 신용이 없다면 상단은 결코 오래가지 못합니다. 그건 당숙도 잘 알고 계실 겁니다."

"……."

"저는 당숙께 자존심을 버리라는 것이 아닙니다. 더 큰 자존심을 위해 작은 자존심을 희생하라는 겁니다."

"……."

"선대께서 일궈 놓은 상단, 당숙께서 더 발전시켜서 귀주의 제일 중개상이 되어야 하지 않겠습니까?"

"하긴, 그렇지."

당숙은 고개를 끄덕였다.

나는 속으로 피식 웃었다.

내가 한 것은 그리 거창한 것이 아니다. 당숙의 자존심이 나아갈 방향을 바꾼 것뿐.

경험상 자존심이 센 사람의 자존심을 꺾는 것은 힘들뿐더러, 그래 봤자 결국 그 반발이 돌아오기 때문이다.

그럴 바에는 차라리 그 자존심의 방향을 살짝 틀어 버리는 것이 낫다.

"그러니 오늘부터 당숙께서는 그 상단들을 직접 찾아다니시면서 사과하십시오. 그리고 이걸 주십시오."

그러면서 미리 준비해 둔 봉서들을 내밀었다.

* * *

미과상단의 은조산 상단주는 마차 안에서 한숨을 내쉬었다.

"왜 그러십니까?"

앞에 앉아 있는 이는 자신과 평생을 함께해 왔다고 해도 과언이 아닌 수석 대행수다.

"사과해야 한다는 사실이 참 막막하구나."

"사과라는 것은 어렵지 않습니다. 하지만 사과가 처음인 상단주님께는 어려울 수도 있겠군요."

"지금 나를 비난하는 것이냐?"

"그렇게 들으셨다면, 귀는 아직 멀쩡하시군요."

"뭐야?"

"저들의 사정을 살펴보셔야 한다고 말씀드렸습니다만, 제 말을 듣지 않으신 건 상단주님이십니다."

"윽!"

"결국, 이렇게 사과를 하게 되었군요."

잠시 침묵이 흘렀다.

"정말……."

"네?"

"정말 서호 녀석이 우리 상단을 살려 줄 수 있을까?"

"지금으로서는 믿어 볼 수밖에 없지 않겠습니까?"

대체 상황이 왜 이렇게 되었는지 은조산은 그저 한숨만 나올 뿐이었다.

처음에는 그저 남호상단이 가격을 싸게 해서 파나 보다 싶었다.

하지만 어느새 거래처의 반 이상이 남호상단으로 넘어가 버렸다.

재정 상황은 날이 갈수록 어려워졌다.

더 이상 약재를 사 올 돈은 물론이고 일꾼들에게 줄 봉급도 없었다.

하여 이런저런 세간살이를 처분하였고, 내보낼 일꾼들은 내보냈다.

지금까지도 남아 있는 이들은, 상단의 존속을 위해서라면 당장 봉급을 받지 못하더라도 괜찮다는 이들이다.

참으로 고마운 이들.

은조산은 그들에게 면목이 없었다.

하지만 여전히 상황이 나아질 기미가 없었기에, 결국에는 은해상단에 돈을 빌려 달라는 서신을 보낼 수밖에 없었다.

자존심 때문에 차마 자세한 이야기는 적지 못했지만.

그런데 뜻밖에도 은진호와 은서호가 왔고, 예상치 못했던 조건을 제시했다.

반년 동안의 상단주 대행이다.

그리고 이 미과상단을 살려 주겠다고 했다.

솔직히 은조산은 그런 은서호의 말이 이해되지 않았다. 순망치한이니 혈족이니 그런 핑계를 대었지만 결국 그의 백부가 부탁했음이 틀림없었다.

문득 백부님의 말이 떠올랐다.

"네 그 자존심은 네 아버지를 꼭 닮았음을 아느냐? 사실 상재는 어찌 보면 네 아버지가 나보다 더 나았다. 하지만 내 아버지는 나를 상단주로 삼았지. 왠지 아느냐?"

"모릅니다."

"자존심 때문이다. 자존심이 너무 강해서."

"그게 왜 문제입니까?"

"적당한 자존심은 좋다. 하지만 지나친 자존심은 결국 스스로를 찌르고 만다. 무릇 상인이라면 부드럽게 휘어질 줄도 알아야 하는 법. 그 자존심이 너를 해하기 전에, 그 자존심을 조금 굽힐 줄도 알았으면 한다."

그것이 백부가 다시 은해상단으로 돌아가기 전에 했던 말이다.

그리고 백부의 말대로 지금 자신은…… 자존심 때문에 곤욕을 치르고 있었다.

하지만, 이런 자신에게 은서호는 말했다.

더 큰 자존심을 위해 작은 자존심을 희생하라고.

곰곰이 생각하니, 결국은 그 말이 그 말이었다.

그때 수석 대행수가 말했다.

"저, 상단주님. 그건 다 외우셨습니까? 서호 상단주 대행께서 적어 주신 사과문 예시 말입니다."

지금 은조산이 손에 들고 있는 건 은서호가 적어 준 '사과하는 법'이다.

이를테면, 이런 말이 나오면 이렇게 대답하라는 등 대화의 예시가 적힌 종이였다.

"그것만 잘 숙지하셔도 사과하러 갔다가 오히려 얼굴 붉히는 일은 없을 겁니다."

.

.

.

다음 날.

은조산 일행이 도착한 곳은 가장 가까운 곳에 있는 금씨상단이다.

"계시는가?"

"누구십니까?"

"미과상단에서 왔네."

"잠시만 기다리십시오."

문지기는 사람을 불러 안에 기별하게 했고, 잠시 후 누군가 나왔다.

그는 거래할 때마다 봤던 대행수다.

"저희 상단주님께서는, 지금 출타 중이십니다."

"그럼 언제쯤 오시는가?"

"글쎄요? 오시고 싶으실 때 오시겠죠."

그 말이 뜻하는 바는 명백했다. 축객령이다.

"그럼 살펴 가십시오."

쾅—!

문이 닫혔다.

"……."

그 모습에 은조산은 속에서 뭔가가 치밀어 오르는 기분이었다.

"에라이! 내가 이렇게까지 무시를 당하면서 사과를……."

"그럼, 상단주님께서 그렇게 문전박대하셨는데 쉽게 문을 열어 줄 거라고 생각하셨습니까?"

"……."

"서호 소단주, 아니 상단주 대행님께서 적어 주신 것을 읽어 보십시오."

그 말에 은조산은 품에 넣어 놨던 종이를 꺼내어 읽어 봤다.

"……후."

그리고 심호흡을 하며 말했다.

"앞에 자리 좀 깔아 주게나."

"네?"

"여기 적혀 있네. 그냥 무작정 기다리라고 하는군. 특히 비가 오면 비 그냥 맞으라는군."

은조산이 금씨상단주를 만난 건 사흘이 지나서였다.

"그래서, 대체 무슨 말을 하고 싶은 것이오?"

금씨상단주는 은조산에게 물었다.

"미안하오."

"뭐가…… 말이오?"

"내 지난날에 그리해서는 안 되었는데, 이놈의 자존심 때문에 그만 큰 잘못을 하고 말았소이다."

은조산은 말을 이었다.

"내가 잘못한 건 두 가지이오. 하나는 거래처의 상황을 살피지 못했다는 것이고, 또 다른 하나는 직원들 관리가 미흡했다는 것이오."

"……."

"하여 사과를 하고자 이리 찾아온 것이오. 정말 미안하오. 그리고 더불어 그 일에 대해 보상도 하고자 하오."

은조산은 가지고 있던 주머니를 내밀었다.

"여기, 질이 나쁜 약재가 섞여 있던 약재들의 값이오."

그 말에 금씨상단주는 놀라서 주머니를 열어 보고는 물

었다.

"지금 사정도 좋지 않다고 하면서, 이래도 되오?"

"사정이 좋지 않은 건 사실이오. 하지만 그래도 이건 내 자존심이오. 질 나쁜 약재를 돈 받고 넘길 수는 없소."

"……."

금씨상단주는 고개를 끄덕이고는 조금 전에 들었던 이야기를 다시 꺼냈다.

"그런데 직원들 관리가 미흡했다니, 그건 무슨 말이오?"

"사실, 몇몇 직원이 남호상단의 사주를 받고 약재 안에 질이 나쁜 약재를 섞었소이다."

"그게 사실이오?"

"변명 같지만, 사실이오. 그걸 뒤늦게 알게 되어 이렇게 찾아온 것이오."

"저런…… 그랬구려."

그 말에 금씨상단주는 괜스레 미안해졌다.

알고 그런 것도 아니고 모르고 그랬다는데, 뒤늦게라도 사과를 위해 이렇게 찾아온 은조산이다.

그런 그를 똑같이 문전박대하여 문 앞에서 사흘 동안이나 비를 쫄딱 맞게 하면서 기다리게 한 것이 마음을 콕콕 찔렀다.

그래도 자신은 비는 안 맞았는데 말이다.

"사과, 받아들이겠소. 나야말로 미안하오."

"상단주께서 미안할 것이 무엇이오. 오히려 지금에서

야 사과하게 되어 송구하오."

그리고 품에서 봉서 하나를 내밀었다.

"이게 무엇이오?"

"사실, 얼마 전부터 내 사촌 형의 아들이 상단주 대행으로 있소. 남호상단의 수작을 밝혀낸 것도 그 사람이오."

그는 말을 이었다.

"그가 상단주께 주라고 하였소."

금씨상단주는 그 봉서를 받아들었고, 은조산은 인사를 남기고 금씨상단을 떠났다.

앞으로도 방문하여 사과해야 할 곳이 많았으니까.

한편,

금씨상단주는 점차 마음이 누그러지고 있었다.

'그랬군. 그래서 그랬던 거였어.'

배신감은 사라지고, 지금은 그저 안쓰러움만이 있을 뿐이다.

그때 그의 눈에는 서탁 위에 놓인 봉서가 보였다.

"상단주 대행이 준 봉서라……."

그는 그 봉서를 뜯어보았다.

"응?"

순간, 그는 두 눈을 깜박일 수밖에 없었다.

[미과상단 특별 할인 : 지금부터 한 달 동안 매일 선착순

오십 분께 약재 가격을 기존 가격의 사 할에 판매합니다.

동봉된 우대권을 제시하시면 기존 가격의 삼 할에 드립니다.]

* * *

내가 상단주 대행이 된 지 나흘이 지났다.

그리고 지금 미과상단 앞은 약재 거래를 위해 모인 이들로 북새통을 이루고 있었다.

"지금 어디서 새치기야?"

"어허! 새치기라니!"

"이 사람이 진짜!"

그리고 간간이 다투는 소리도 들렸다.

나는 그 소리에 피식 웃었다.

상단주 대행이 되자마자 나는 약재 가격을 대폭 내렸지만, 여기에 제한을 두었다.

한 달 동안 매일 선착순 오십 명.

그리고 객잔의 점소이들을 통해 이 소문을 널리 퍼트리게 했다.

그 결과 약재를 사려고 귀주에 왔던 이들이 미과상단으로 모인 거다.

기존 가격의 오 할 이하로 파는 남호상단보다 더 싼 가격이었으니까.

그리고 당숙의 사과로 마음을 돌린 기존의 상단들이 미

과상단과 거래하기 시작하자 삽시간에 미과상단에 우호
적인 분위기가 되었다.

"그런데 걱정이 되는구나."

"뭐가 말입니까?"

나는 고개를 돌려 옆에 있는 지서 형님을 보았다.

"남호상단보다 싸게 팔아서 손님들을 끄는 건 좋지만
언제까지 싸게 팔 생각이냐? 한 달 뒤에는 손님들이 다
시 남호상단으로 갈 거다."

"괜찮습니다. 한 달만 할 생각이 없거든요."

"응?"

"지금 남호상단에서는 우리가 한 달만 싸게 판다고 했
으니까 한 달만 버티자며 희망을 불태우겠죠."

"그렇겠지."

"하지만 한 달 뒤에 이어서 한 달을 더 한다고 하면 그
쪽은 어떻게 나올까요?"

"어?"

그 말에 내 옆에 있던 진호 형이 나를 보며 말했다.

"잔인하네. 그거 희망을 완전히 꺾어 버리겠다는 거 아
니야?"

"하지만 시작은 저쪽이 먼저 했어. 가격 담합을 거절했
다는 이유로 말이야."

지서 형님이 걱정스럽게 말했다.

"그렇다면 자금은 문제가 없느냐? 그렇게 많은 돈을 썼
는데……."

"아직 괜찮습니다."

"하지만 약재들을 사 온 가격도 만만치 않을 텐데……."

하지만 나는 약재들을 산지에서 사는 것보다 더 싸게 매입했고, 지금도 더 싸게 매입하고 있다.

남호상단에서 사 왔으니까.

그러니까 지서 형님이 생각하는 것보다 훨씬 적은 돈이 들어간 거다.

그리고 미리 구입해 둔 약재의 양도 장원 일곱 개를 채울 정도니 삼 개월을 넘어가도 끄떡없다.

* * *

남호상단주는 이게 대체 무슨 일인가 싶었다.

분명 미과상단과 거래하던 이들을 전부 남호상단으로 끌고 왔다고 생각했다.

하지만, 어느 날 갑자기 미과상단은 약재 가격을 대폭 내렸다.

그것도 원래 가격의 사 할로.

듣기로 일부 상단들에게는 삼 할의 가격으로 약재를 넘기고 있다고 했다.

그 소식에 남호상단주는 이번에 상단주 대행이 된 애송이가 미쳤다고 생각했다.

그래서 남호상단으로 거래를 옮긴 이들 대부분이 다시 미과상단 쪽으로 넘어갔지만, 별로 걱정하지 않았다.

'마지막 발버둥을 치는 거겠지.'

그때 집무실 밖에서 누군가의 목소리가 들렸다.

"상단주님, 서 총관입니다."

"들라 해라."

곧 집무실에 들어온 서 총관은 곧바로 본론을 꺼냈다.

"상단주님, 적자가 생각보다 빠른 속도로 늘어나고 있습니다. 이대로는 당초 예상했던 반년도 버틸 수 없을 듯합니다."

계속해서 약재를 사 오고 있는데, 그게 팔리지 않으니 당연한 일이다.

"걱정하지 말게나. 미과상단에서 약재를 싸게 파는 건 한 달만 한다고 했네. 그 이후에는 다시 우리와 거래를 하겠지."

남호상단주는 말을 이었다.

"미과상단의 사정상 한 달 이상 그렇게 약재를 파는 건 불가능하니까."

"알겠습니다."

하지만, 미과상단이 약재를 싸게 판 지 한 달이 거의 다 되어 가던 때 남호상단주의 부관이 사색이 되어 달려왔다.

"상단주님! 큰일 났습니다."

"무슨 일이냐?"

"이것 좀 보십시오!"

그건 뭔가가 적혀 있는 종이였다.

[미과상단의 특별가 행사를 지지해 주신 성원에 보답하고자, 특별가 행사를 한 달 더 연장합니다]

그걸 보자 남호상단주는 뒷골이 쑤셨다.

"윽!"

그는 자신의 뒷목을 잡으며 휘청거렸다.

"괜찮으십니까? 상단주님!"

"이게 가능하다고?"

"아무래도 은해상단의 자금이 투입된 듯합니다."

"은해상단! 이 개자식들아—! 너넨 양심도 없냐! 이건 해도 너무하잖아!"

남호상단주는 울분에 차서 고성을 질러 댔다.

그 모습을 보며 부관은 속으로 중얼거렸다.

'먼저 양심 없는 짓을 한 건 상단주님이십니다만…….'

한참 동안이나 고성을 질러 대던 남호상단주는 조금 진정했는지, 얼굴을 찌푸리며 말했다.

"미과상단의 새로운 상단주 대행. 역시 보통 놈이 아니었어."

"네?"

"아무리 돈이 많다고 해도 평범한 사람은 결코 이런 일을 벌이지 못하니까."

"그럼 은조산 상단주가 아닌, 그 상단주 대행이 이런

일을 벌였다는 겁니까? 아직 스무 살도 되지 않았다고 들었습니다만."

"무조건이야. 은조산 그 친구가 이런 일을 벌인다고? 말도 안 되는 소리! 그랬으면 애초부터 내가 출혈경쟁을 할 생각도 하지 않았어!"

"……."

그는 잠시 생각하다가 부관에게 명령했다.

"서 총관을 들라 하게."

"네."

.
.
.

남호상단주는 집무실에 앉아 한숨을 내쉬었다.

조금 전, 들어왔다 나간 서 총관은 앞으로 길어 봤자 석 달을 넘기지 못할 거라는 비관적인 전망을 내놓았다.

그것도 미과상단의 특별 가격 행사를 이번 달까지만 했을 때의 일이다.

"석 달이라……."

하지만 미과상단의 미친 상단주 대행은 여기서 끝낼 생각이 없을 터.

'결국, 이 상단이 망해야 직성이 풀리겠지.'

나와 너, 둘 중 하나가 끝장나야 끝나는 것이 상단과 상단의 싸움이다.

'내가 왜 그랬을까?'

그는 이 싸움을 건 과거의 자신을 흠씬 패 주고 싶었다.

'내 이 욕심 때문이지……..'

자신의 담합 제의를 거절한 미과상단이 꼴 보기 싫었다.

그리고 귀주의 약재 중개상으로 얻을 수 있는 이익을 자신이 전부 먹어치우고 싶었다.

그래서 싸움을 건 것인데, 결과는 참담했다.

자신의 패인이라면, 미과상단 뒤에 뒷짐 지고 서 있는 은해상단의 영향력을 간과했다는 거다.

하지만, 그럴 만한 이유가 있었다.

미과상단주의 자존심을 알기 때문이다.

분명 미과상단주는 도와달라는 것도 소심하게 "조금만 도와주시면……."이라고 했을 거다.

그러나 역시 은해상단은 은해상단이었다.

자신들과 약초를 거래하는 미과상단의 어려움을 알자마자 즉시 상단주 대행을 세워 버린 것을 보면 말이다.

물론 이는 은해상단이 아닌 은서호 때문이었다.

은서호의 이전 삶에서 은해상단은 제대로 대처를 하지 못했으니까.

그러나 그걸 알 리가 없는 남호상단주는 '은해상단은 은해상단'이었다면서 씁쓸함을 곱씹고 있는 것이다.

"후우……."

그는 다시 깊은 한숨을 내쉬었다.

"더 늦기 전에 상단을 정리해야 하나?"

하루 종일 속이 쓰리고, 피가 바짝바짝 마르는 경험은 두 번 다시 할 것이 못 되었다.

이러다가 제 명에 못 살 것 같았다.

'은조산, 그 친구도 이랬겠지.'

자신이 직접 경험해 보니, 괜스레 미안한 마음이 들었다.

그때였다.

밖에서 시종의 목소리가 들렸다.

"저, 상단주님…… 손님이 오셨습니다."

"손님? 오늘은 방문 약속이 없는데?"

"그게…… 미과상단에서 오셨습니다. 상단주 대행님이시라고……."

그 말에 그는 몸을 벌떡 일으켰다.

"누구라고?"

* * *

나는 지금 남호상단에 있었다.

정확하게 말하면 남호상단의 접빈실이다.

호록.

음, 차가 맛있네.

그렇게 내가 아무 말 없이 차만 음미하고 있자, 남호상단주가 물었다.

"그래서, 왜 온 건가?"

나는 대답 대신 남호상단주의 모습을 살폈다.

얼굴을 보니 마음고생을 제법 많이 한 듯했다.

내 지난 삶에서, 이곳을 수습하기 위해 정호 형이 수고해 주었다.

아버지는 은해상단의 상단주이니 만큼 자리를 비울 수 없었기 때문이다.

조부님이 직접 가신다고 했지만, 혹시라도 충격을 받으실까 봐 정호 형이 대신 갔다 온 거다.

그리고, 나중에 정호 형와 대화할 때 당시의 이야기가 나왔었다.

"당숙모님과 지서 소단주…… 살아 있어도 살아 있는 게 아닌 것처럼 보이더라."

결국, 당숙모와 지서 형님도 시름시름 앓다가 오래 살지 못하고 죽었다.

그걸 기억하고 있기에, 남호상단주의 모습이 별로 안쓰러워 보이지는 않았다.

나는 찻잔을 내려놓고 말했다.

"그리 긴장하실 건 없습니다. 저는 그저 상단주님께 제안을 하나 할까 해서 왔습니다."

"제안?"

〈286〉 은해상단 막내아들 6

"피차 바쁘니 본론만 말씀드리겠습니다. 저희 은해상단의 소속이 되실 생각 없으십니까?"

직설적인 제안에 남호상단주는 말문이 막힌 듯, 곧바로 대답을 하지 못했다.

"이유가 뭔가?"

한참 뒤에야 그의 입이 열렸다.

그래도 상인으로서는 남호상단주가 당숙보다는 낫다.

당숙은 상단주 자리를 위임해 달라고 했을 때 그게 무슨 소리냐고 소리 먼저 질렀는데 말이지.

내가 남호상단에 와서 이런 제안을 하는 건 이미 생각했던 계획 중 일부이다.

아버지에게 허락도 받았다는 의미다.

남호상단을 망하게 하려면 얼마든지 망하게 할 수 있었다.

그렇게 되면 미과상단은 귀주성 유일의 약재 중개상단이 된다.

솔직히 약재 가격과 수급의 안정을 위해서라도 독과점 체제는 위험하다.

하나 남은 상단에 변고가 닥친다면, 당장 약재를 구해야 하는 상인들의 입장에서는 참으로 난감한 일이 아닐 수 없다.

그리고, 무림맹의 주목을 받지 않아야 한다.

무림맹을 견제하고 무너뜨려야 하는 나로서는 이런 일로 무림맹의 주목을 받아서 좋을 게 없다.

또한, 독과점 상태가 된 미과상단은 무림맹의 입장에서 맛난 먹잇감이 될 수도 있다.

관에서 봤을 때에도 독과점으로 인한 가격 폭등은 불쾌하게 느낄 수 있다.

실제로 이전 삶에서도 관이 개입했었으니까.

그러니 겉보기로는 여전히 양강 구도가 되어야 하는 거다.

이번에도 지난 삶처럼 당숙이 자살했다면 은해상단에서는 남호상단을 용서하지 않았을 거다.

하지만 이번에는 그 전에 내가 개입했으니 당시의 일은 내 기억 속에만 존재하는 일이 되었다.

솔직히 확 망하게 하고 싶었지만, 나에게는 천하제일상단이라는 목표가 있다.

그리고 무림맹을 무너뜨리겠다는 목표가.

그렇기에 나는 이번 일에서 얻을 수 있는 이득을 최대한 얻기로 했다.

솔직히 남호상단주는 상재가 있는 사람이다. 이대로 죽이는 건 아까웠다.

그러니 갈아 넣을 생각이다.

그 과정에서 좀 괴롭긴 하겠지만, 내 알 바는 아니다.

자업자득이니까.

이왕 움직였으니 두 마리 토끼를 잡아야 할 것 아닌가?

그리고 이번 일을 해결하는 와중에 알게 되었다.

상황이 이렇게 된 데에는 당숙도 일말의 책임이 있다는

것을.

물론 남호상단주가 치졸한 수를 쓴 것도, 출혈경쟁을 건 것도 사실이다.

하지만 당숙이 자존심을 버리고 잘 대처했다면 내 지난 삶에서도 상황이 그렇게 비극으로 치달았을까?

내가 볼 땐 자존심 강한 당숙이나, 욕심 많은 남호상단주나 똑같다.

하지만 그대로 대답할 수는 없다.

나는 씩 웃으며 말했다.

"상단주님께 기회를 한 번 드리려고요."

"……."

"이번에 상단주님께서 쓰신 수단이 더럽다는 것이 문제지만 말입니다."

"험, 험험……."

나는 말을 이었다.

"보고를 받으셨나 모르겠지만, 상단주님께서 치졸한 수를 위해 매수하셨던 행수와 일꾼들이 사라졌다죠?"

"……."

"그들은 지금 제 아래에 있습니다. 혹도 무사들이 누군가의 사주를 받고 죽이려던 것을 제가 구했거든요."

"지금 무슨 소리를 하는 건가?"

"에이, 어떤 더러운 수를 썼는지 다 아는데 시치미 떼시네요."

"……."

"최근 미과상단과 거래를 끊었던 상단들이 왜 다시 거래를 시작했을까요? 가격이 저렴해서만은 아니지 않을까요?"

나는 말을 이었다.

"그리고 저는 정기적으로 황제 폐하를 뵙는 사람입니다."

"황제 폐하를? 어디서 그런 거짓말을!"

"거짓말 같다면 조금만 조사해 보세요. 이곳 귀주의 소금 소매상인 대성상단에 문의해 보시면 단번에 사실임을 아시게 될 겁니다."

"……그래서 하고자 하는 말이 뭔가?"

"상단주님께서 치졸한 수를 쓰고, 또 이를 위해 이용했던 자들을 살인멸구하려고 했다는 일을 황제 폐하께서 아신다면 어떻게 될까요?"

내 말에 남호상단주의 얼굴이 새파랗게 질렸다.

"모르긴 몰라도, 곱게 죽지는 못하지 않을까요?"

"협박…… 인가?"

그 물음에 나는 빙긋 웃었다.

"협박이라니요. 이건 고삐입니다. 그리고 고삐를 어떻게 당기느냐는 쥔 사람의 마음대로 아니겠습니까?"

그 말이 그 말이지만, 그래도 협박이라는 말보다 고삐라는 말이 좀 더 있어 보이니까.

"제가 이리 찾아온 건 더 늦기 전에 남호상단을 살려야 제가 잘 써먹을 수 있을 것 같아서입니다."

겉보기에도 멀쩡해야 했으니까.

"은해상단의 소속이 되라는 제 제안을 받아들이지 않으시겠다면, 할 수 없지요. 끝까지 가 보는 수밖에요."

나는 그 말을 남기고 곧바로 자리에서 일어났다.

그러자 남호상단주가 다급하게 나를 붙잡았다.

"잠시만! 한 가지 묻겠네."

"뭐가 궁금하십니까?"

"그러면, 이 남호상단은 살릴 수 있는 건가? 이 남호상단에서 일하는 이들은 계속해서 일할 수 있는 건가?"

나는 다시 자리에 앉으며 말했다.

"그들이 걱정되시나 봅니다."

"내 비록, 불의한 일을 저질렀지만 그래도 그들은 이 상단에서 일하던 이들이네."

"그런데 왜 그런 짓을 하셨을까요?"

"큭!"

"이 남호상단은 여전히 남호상단이라는 이름으로 운영될 것입니다."

나는 말을 이었다.

"상단주 자리도 바뀌지 않을 겁니다. 제대로 정석적으로 저희 은해상단이 추구하는 바만 지켜 주신다면 말이죠."

나는 미리 준비해 온 계약서를 품에서 꺼내 내밀었다.

"읽어 보시죠."

나는 남호상단주가 내 제안을 거절하지 못할 것을 알고 있다.

남호상단주의 치졸한 짓거리를 황제에 일러버린다는 건 말 그대로 고삐이다.

다른 곳으로 튀는 것을 막기 위한 고삐.

그의 입장에서는 내 손을 잡는 선택을 할 수밖에 없다.

이대로 가다가는 정말 상단이 망해 버릴 거라는 것을 알고 있으니까.

"상단주와 소단주의 해임권은 이해하겠네. 그리고 매 분기 재정보고서를 감찰한다는 것도 이해하겠네. 은해상 단의 조언을 따라야 한다는 것도 뭐, 내가 잘못했으니까. 하지만 이건 뭔가?"

남호상단주는 계약서의 뒷장을 보며 말했다.

그건 이면 계약서다.

거기에는 남호상단의 수익의 삼 할을 매달 나에게 보내 야 한다고 적혀 있었다.

"아, 그건 제 수고비입니다."

"자네의 수고비?"

"사실 아버지께서는 이 남호상단의 현판을 당장 떼 버 리라고 하셨거든요."

꿀꺽.

"하지만 제가 간신히, 아주 간신히 설득했습니다. 그래 서 이렇게 협상의 장이 마련된 거죠."

나는 빙긋 웃으며 말을 이었다.

"그렇다면 저에게도 뭔가 떨어지는 것이 있어야 하지 않겠습니까?"

"하지만 매달 수익의 삼 할이라니…… 과하네."

"그럼 현판 내리실래요?"

그는 한숨을 내쉬며 고개를 끄덕였다.

"제안, 받아들이겠네."

"잘 생각하셨습니다."

나는 품에서 다른 서류 하나를 꺼내어 내밀었다.

"이건 뭔가?"

"배상에 대한 서류입니다."

"……?"

"상단주님 때문에 피해를 본 미과상단에 보상은 하셔야지요."

"아……."

배상금에는 남호상단주 때문에 죽을 뻔했던 행수와 일꾼들에 대한 건 포함되어 있지 않았다.

복지도 좋은 미과상단에서 일하면서, 그 욕심 때문에 그리된 것이니까.

죽을 뻔한 거 살려 줬으면 됐지 뭘.

종두득두(種豆得豆)라고 했다.

돈을 피해 줬으니, 돈으로 갚으라는 거다.

"그런데 배상금이 순수익의 삼 할?"

"네."

"그럼…… 상단에는 사 할만 남지 않나?"

"그렇겠죠."

"너, 너무하네!"

"현판 내리실래요?"

.

.

.

그날 저녁.

나는 미과상단 집무실로 돌아왔다.

그리고 당숙과 지서 형님에게 오늘 남호상단에 다녀왔던 일에 대해서 말했다.

"남호상단과 합의했습니다. 양 상단 모두 가격 경쟁을 철회하기로 했습니다."

"뭐?"

내 말에 당숙이 되물었다.

"그게 무슨 소리냐? 가격 경쟁을 철회하다니?"

"말 그대로입니다. 가격 경쟁을 철회하고, 양 상단 모두 기존의 약재값을 다시 받기 시작할 겁니다."

"하지만, 왜 여기서 그만둔단 말이냐?"

지서 형님의 말에 당숙이 고개를 끄덕였다.

"그래, 지서 말대로 왜 여기서 그만두는 것이냐? 이제 조금만 더 하면 남호상단을 무너뜨릴 수 있다."

나는 가만히 당숙을 바라보았다.

"그러면 우리 미과상단이 귀주 최고의 약재 중개상이 될 수 있다. 그런데 어째서 이런 기회를 발로 차 버리는 것이냐?"

그 말에 나는 어이가 없어졌다.

아, 뇌…… 이 당숙이.

어째 내 예상을 벗어나지를 않는 건지.

나는 남호상단과 비밀협정을 맺기를 잘했다는 생각이 들었다.

"당숙."

내 목소리가 심상치 않게 들렸던지 당숙은 긴장한 표정으로 나를 보았다.

"제가 당숙에게 남호상단을 무너뜨려 준다고 했습니까?"

"……."

"저는 분명 미과상단을 살린다고 했지 남호상단을 무너뜨린다고는 안 했습니다."

"……."

"그렇지 않습니까?"

"그, 그랬지."

"까딱했으면 망하는 건, 이 미과상단이었습니다. 그런데 이제 상황이 반전되었다고 죽자사자 달려들라는 겁니까?"

지서 형님이 고개를 절레절레 저었다.

"그래도 나는 이 상황을 받아들일 수 없다. 조금만 더 밀어붙이면 되는 거 아니냐?"

"그래서요?"

"나는 이 상단의 소단주로서, 너에게 상단주 대행 자리를 내놓을 것을 요구한다."

그 말에 내 옆에 앉아 있던 진호 형이 발끈했다.

"뭐라고요? 지금까지 서호가 이리 뛰고 저리 뛰어서 간신히 상황을 반전시켜 놓으니까!"

"이 미과상단을 더 성장시킬 수 있는 기회인데 이걸 포기한다고? 그럼 상단주 대행 자격이 없는 거지!"

아, 놔…… 이 형님 새끼가.

어떻게 내 예상을 벗어나지를 않냐?

당숙이 나에게 상단주 대리를 맡겨 자신은 할 일이 없으니 처소에서 서책이나 보겠다고 했을 때부터 알아보긴 했다.

변소 들어갈 때와 나올 때 다르다는 말이 틀린 말이 아니란 말이지.

하지만 이 정도는 예상했으니 괜찮다.

사람은 고쳐 쓰는 것이 아니라고 하지만, 고쳐 쓰는 것이 가능하다는 것을 증명한 사람이 나 은서호이니까.

그리고 지서 형님은 알까?

방금 저 발언으로 인해 내가 생각해 놨던 계획을 실행하기로 마음먹었다는 것을.

그래도 조금 망설였는데, 그 망설임이 사라졌다.

나는 팔을 뻗어 진호 형을 진정시켰다.

"형, 앉아."

"하지만……."

"괜찮으니까 앉아."

진호 형은 내 목소리에서 뭔가를 느낀 건지 순순히 자

리에 앉았다.

하지만 여전히 마음에 들지 않는 듯 미간을 찌푸린 채였다.

나는 지서 형님에게 물었다.

"그리 말씀하시는 건 상단주 대행 자리가 탐이 나셔서입니까? 아니면 상단주 자리가 탐이 나셨던 겁니까?"

"그야 물론……."

"상단주 자리가 탐이 나셨나 보네요. 아직 당숙이 멀쩡히 살아 계신데요."

그 말에 지서 형님은 당황해서 다급히 손을 내저었다.

"나, 나는 그런 이야기가 아니라……."

"네, 압니다. 알아요. 제가 미덥지 않다는 거겠죠."

"그, 그거다."

"그런데 말입니다. 이런 반전된 상황은 미덥지 않은 제가 만든 결과입니다."

"……험험."

지서 형님이 말을 이었다.

"우리도 네가 고생했다는 것을 안다. 그러니 감사를 따로 표할 거고, 이제부터는 우리가 알아서 할 테니까……."

"그러니까 이제 손 떼라는 것 아닙니까? 하지만 아직 반년이 되지 않았고, 먼저 이 계약의 해지를 말한 건 미과상단의 소단주이신 지서 형님이십니다. 그러니 미과상단의 요청에 의한 거죠."

나는 말을 이었다.

"이럴 땐, 그 손해에 대한 것을 미과상단이 보상해 주어야 하죠. 그렇죠?"

나는 미소 지으며 말했다.

"지금까지 투자된 돈을 미과상단이 보상해 준다면, 저는 지금이라도 손을 떼고 은해상단으로 돌아가겠습니다."

내 말에 당숙과 지서 형님의 눈이 커졌다.

"정말이냐?"

"네."

나는 자리에서 일어났다.

서탁으로 다가가 붓을 들고는 종이에 미리 생각해 두었던 내용을 적었다.

그러곤 그걸 탁자 위에 올려놓았다.

이 계약서를 쓸 일 없기를 바랐는데.

"여기에 수결하시면 됩니다."

두 사람은 내가 내민 계약서를 읽어 보았다.

계약서의 내용은 별 특별한 건 없었다.

미과상단의 은조산과 은지서는 은서호가 상단주 대행에서 물러날 것을 요청했고, 이에 대한 대가로 지금까지 은해상단이 지출한 금액을 미과상단이 배상한다는 내용이었다.

"투자한 금액만 주신다면, 저는 곧바로 대행에서 물러날 것이고 이 상단주 자리는 다시 당숙의 자리가 되는 거죠."

"……."

"그리고 이 상단을 다시 살린 공도 당숙에게 돌아가겠
네요."

내 말에 당숙은 고개를 끄덕였다.

"알겠다. 내 이 계약서에 수결하고 다시 상단주 자리를
찾도록 하겠다."

"아버지! 자, 잠깐……."

당숙은 지서 형님이 만류하기도 전에 거침없이 계약서
에 수결했다.

그걸 보며 나는 확신했다.

이전 삶에서 당숙이 자살하지 않았어도, 어차피 미과상
단은 망했을 거라고.

어쨌든, 덕분에 내 계획대로 일이 착착 이루어져 가고
있었다.

슥-.

나는 계약서를 재빨리 거두며, 말했다.

"그런데 당숙께서는 왜 가장 중요한 것을 묻지 않으십
니까?"

"가장 중요한 것?"

"지금까지 얼마나 투자되었는지 그 금액을 먼저 물어
보셔야 하는 것 아닙니까?"

그제야 뭔가 잘못되었다는 것을 깨달았는지 당숙의 낯
빛이 새하얗게 변했다.

그리고 지서 형님은 한숨을 내쉬었다.

나는 빙긋 웃으며 내 주머니 속에서 서책을 꺼내어 다
탁 위에 놓았다.

"지금까지 이 미과상단에 투자한 돈입니다."

내 말에 당숙과 지서 형님은 다급히 그걸 집어 들어 살
펴보기 시작했다.

나는 속으로 피식 웃었다. 당숙의 동공이 사정없이 흔
들리고 있었기 때문이다.

"이, 이렇게나 많이 들어갔다고?"

"네."

나는 고개를 끄덕였다.

"믿지 못하겠다면 직접 다시 따져 보십시오."

당숙은 금액을 몰랐을 거다. 왜냐하면 내가 일부러 알
려 주지 않았으니까.

그래도 정신이 똑바로 박혀 있다면, 나에게 알려 달라
고 하든지 아니면 자체적으로 따져 봤을 텐데.

에잉,

아무리 봐도 글렀다.

왜 조부님이 당숙 쪽 이야기만 나오면 한숨을 쉬셨는지
알 것 같다.

자존심도 자존심이지만, 이런 부분도 알고 계셨던 거겠
지.

그나마 지서 형님이 조금 낫지만, 나에게 상단주 대행
자리를 내놓으라고 한 것을 보면 거기서 거기다.

"그래서, 그거 돌려주실 돈은 있으신가요?"

내 물음에 당숙이 쥐어짜는 목소리로 대답했다.

"앞으로 상단이 돈을 벌면, 얼마씩이라도……."

"그거 언제 기다립니까? 지금 적자가 얼만데."

"……."

"그리고 계약서에는 이번 달 말까지 지급하겠다고 적혀 있습니다. 어떻게 지급하실 생각이십니까?"

지서 형님이 나를 노려보았다.

"우리를 속였구나!"

그 말에 내 옆의 진호 형이 말했다.

"속이긴 누가 누굴 속입니까? 우리 서호는 진실만을 말했는데 자존심 때문에 희희낙락하며 수결한 건 당숙이신데 말이죠."

"큭!"

당숙이 이를 갈며 말했다.

"처음부터 이럴 속셈으로 상단주 자리를 위임받은 것이더냐?"

"아닙니다."

"어디서 그런 거짓말을!"

"진짜 저는 이럴 생각이 없었습니다. 지서 형님께서 상단주 대행 자리에서 내려오라고 하기 전에는 말이죠. 그냥 열심히 이 상단을 살리고 반년 후에 깔끔하게 '안녕히 계세요.' 하고 돌아갈 생각이었습니다."

내 말에 당숙은 지서 형님을 노려보았고, 지서 형님은 꿀 먹은 벙어리가 되었다.

"제가 왜 반년을 말씀드렸겠습니까? 이 상단을 살리는데 반년이 걸리기 때문에 그리 말씀드린 겁니다."

"……."

"저도 반년이 걸리는데, 상단을 이 지경으로 만든 두분이 운영을 맡으면 금방 상단을 살릴 수 있을 거라고 생각하시는 겁니까?"

"……."

"막말로 지금까지 들어간 돈이, 이 상단의 가치보다 훨씬 많습니다."

"아무리 그래도 어떻게 이 상단보다……."

"그럼, 빚만 잔뜩 지고 장부에는 적자만 가득한 껍데기뿐인 상단의 값어치가 얼마나 되겠습니까?"

내 말에 두 사람의 고개는 점점 떨어졌다.

현실을 꼬집는 나의 말에 두 사람도 현실을 직시하게된 거다.

"지금 약재를 사 오는 가격보다 약재를 파는 가격이 더쌉니다. 그 말은 즉, 계속해서 적자였다는 의미입니다."

"……."

"제가 상단주 대행 자리에서 내려온 후, 저가 정책으로남호상단을 망하게 한 후 가격을 올려받는 그런 생각을하신다면 진지하게 말씀드리는데, 그러다 진짜 망합니다."

이제 남호상단 뒤에는 은해상단이 있으니까.

* * *

　은조산은 찬물을 뒤집어쓴 것 같은 기분이었다.

　정신을 차려 보니, 자신은 지금 얼토당토않은 엄청난 짓을 저질러 버린 거다.

　결국, 자신의 자존심이 다시 한번 자신의 발목을 잡은 것이다.

　은서호의 말대로, 자신은 큰 자존심을 위해 작은 자존심을 희생해야 했다.

　은조산은 고개를 돌려 자신의 아들을 보았다.

　소단주 은지서.

　솔직히 그는 아들이 은서호에게 상단주 대행 자리에서 내려오라고 했을 때 속이 시원했다.

　자신이 하고 싶은 말이었으니까.

　조금만 더 밀어붙이면 귀주성 제일의 약재 중개상이 될 수 있는데 여기서 멈추다니.

　이 기회를 놓치고 싶지 않았으니까.

　하지만 지금은 그 말을 꺼낸 자신의 아들이 원망스러웠다.

　그 말을 꺼내지 않았다면 상황이 여기까지 치닫지는 않았을 테니까.

　하지만 이미 벌어진 일이다.

　하여 그는 이후의 대책을 생각했다.

그가 생각한 건 더 밀어붙여 남호상단을 끝장낸 후, 약
재 가격을 올려 받는 거였다.

하지만 그 생각을 어찌 알았는지 은서호가 말했다.

그러다가 진짜 망한다고.

자신에게 자존심을 굽히라는 조언을 해 주었던 백부는
은해상단으로 돌아가기 전에 진지하게 말했었다.

"이런 말을 꺼내는 것이 쉬운 일이 아니지만, 그래도
내 조카이니 해야겠구나."

"무엇입니까?"

"너는 상단주의 자질이 없다."

"네?"

"그러니 은해상단으로 들어오는 것이 어떻겠느냐? 내
너를 위해 좋은 자리를 마련해 줄 수 있다."

"그게 무슨 말씀입니까?"

"이대로라면, 결국에 이 상단은 다른 사람의 손에 들어
가게 될 거다."

하지만 그는 그런 백부의 제안을 귓등으로도 듣지 않았
고, 오히려 화를 냈다.

오 년 동안이나 미과상단을 위해 동분서주했던 백부가
돌아갈 때도 배웅하지 않았다.

지금 왠지 백부의 말이 계속해서 자신의 머릿속에 맴돌

았다.

　은서호의 모습을 보자, 왜 백부가 자신에게 상단주의 자질이 없다고 했는지 알 것 같았다.

　'상단주의 자질이라면, 이런 녀석을 보고 그런 말을 하는 거겠지.'

　은서호가 다시 물었다.

　"그래서, 이 돈은 어떻게 주실 생각이십니까?"

　"……."

　막막했다.

　돈이 나올 구멍이라고는 없었으니까.

　그제야 은조산은, 은서호가 상단주 대행을 하기 전에도 이미 상단은 적자였음을 떠올렸다.

　자신은, 이제 미과상단이 이전의 정상적인 상황이라고 착각했던 거다.

　입이 바짝바짝 말라 왔다.

　"어떻게…… 며칠만 미뤄 주면 안 되겠느냐?"

　은지서의 말에 은서호는 단호하게 말했다.

　"그리 말씀하실 거면, 처음부터 계약서에 수결하지 말았어야죠."

　"내가 수결했느냐? 아버지가 수결했다."

　"계약서에는 형님의 이름도 있습니다."

　"큭!"

　그때 갑자기 은서호는 표정을 부드럽게 했다.

　"하지만, 이 채무의 주체는 미과상단이죠."

"그 말은 즉, 나와 내 아들이 상단주와 소단주의 자리에서 내려오면 우리의 채무는 없는 것이 된다는 의미냐?"

"맞습니다. 미과상단을 넘기시면, 이 채무는 없던 것으로 해 드리죠."

결국은, 이 상단은 다른 사람의 손에 들어가게 될 거라는 백부의 말대로 되었다.

* * *

그날 밤.

나는 아버지에게 보내는 서신을 썼다. 그리고 내 소매 안이 보금자리가 된 녀석을 불렀다.

"금령."

"꾸이?"

"아버지에게 보내는 서신이야. 부탁할게."

"꾸……."

"그래, 알았어."

나는 주머니에서 은자 하나를 꺼내어 주었고, 금령은 날름 은자를 입으로 낚아챘다.

그리고 꿀꺽 삼켰다.

"먹었으면 일하자."

"꾸꾸!"

은자를 먹어서 기분이 좋아진 듯, 금령은 꼬리를 내밀

었다.

나는 꼬리에 서신을 단단히 매어 주었고, 금령은 화살보다 더 빠르게 창문 바깥으로 날아갔다.

다음 날 아침 아버지의 답장을 받았다.

[결국에는 그렇게 되었구나. 그러면 두 번째 안으로 가야겠지.]

두 번째 안.

그것은 미과상단을 은해상단의 지부로 삼는 것이다.

하지만 상단 이름은 바꾸지 않았고, 그 역할 역시 이전과 같았다.

즉, 외적으로는 남호상단과 경쟁하는 귀주의 약재 중개상단 중 하나인 거다.

[미리 얘기해 두었던 대로, 송식 대행수를 신임 상단주로 보내도록 하마.]

송식(宋植) 대행수라면 믿을 수 있었다.

약재 거래 쪽에서 뼈가 굵은 인물로서, 상당히 진중하고 사람들을 잘 이끌었으니까.

[그리고, 돌아올 때 조산이의 가족들과 함께 오도록 해

라. 이곳에 그들을 위한 자리를 마련해 놓고 있으마.]

　당숙과 지서 형님을 위해 상단에 자리를 마련해 주신다
니.
　아버지도 참 사람이 좋다.
　내가 볼 때 조부님을 생각해서인 듯하지만 말이다.
　나는 서신을 접어 품 안에 넣었다.
　이제 아침을 먹으러 갈 시간이었으니까.
　·
　·
　·

　식사는 나와 진호 형 둘이서 함께 먹었다.
　어제까지만 해도 당숙의 식구들과 화기애애하게 웃으
며 함께 아침을 먹었지만, 오늘부터는 따로 먹겠다고 해
서 그러라고 했다.
　이렇게 둘이서 오붓하게 먹는 것도 괜찮은 것 같다.
　식사를 마친 진호 형이 걱정스럽게 나를 불렀다.
　"그런데 서호야."
　"왜?"
　"당숙, 괜찮으실까?"
　"걱정돼?"
　내 물음에 진호 형은 고개를 끄덕였다.
　"그래도…… 당숙이잖아. 식사는 하셨는지도 모르겠
고. 당숙 성격에 식사도 안 하시고 꿍하고 계실 것 같아

서 말이지."

뭐, 입맛이 없겠지.

입맛이 있으면 그게 이상한 거다.

두 눈 뜨고 미과상단을 나에게 뺏긴 거나 마찬가지니
까.

"당숙에게 가 봐야 하는 거 아니야?"

"안 그래도 가 볼 생각이었어."

"그래?"

식사하셨는지 챙기려는 건 아니다.

단지, 아직도 현실을 자각하지 못하고 계신 것 같아서
현실 자각 시간을 좀 가져 볼 생각이었다.

.

.

.

쾅—!

"뭐라고? 은해상단에서 일을 하라고? 그것도 행수가
아닌 말단 직원으로 말이냐?"

당숙은 다탁을 주먹으로 내리치며 소리쳤다.

하지만 이런 반응이 나올 거라는 것쯤은 예상하고 있었
기에 나는 평온한 표정을 유지했다.

아침 식사를 마치고 당숙의 처소로 와서 대화를 요청했
다.

당숙은 내 방문을 거절했지만, 나는 막무가내로 문을
열고 들어갔다.

그리고 당숙에게 내가 은해상단으로 갈 때 동행할 것과 은해상단에서 일을 할 것을 권했다.

그게 딱 지금의 상황이다.

나는 온화한 미소를 지었다.

하지만 내 입에서 나오는 소리는 온화하지 못했다.

"뭐 먹고 사시려고요?"

"뭐?"

"이미 상단을 위해 가산을 탕진하셨다면서요? 아직 팔 거 남아 있으십니까?"

"……."

내 말에 당숙은 꿀 먹은 벙어리가 되었다.

이미 조사가 끝난 지 오래다.

지금 당숙은, 그냥 개털이다.

막말로 내가 나가라고 하면, 당숙은 길거리로 나앉을 판이다.

당숙은 은해상단이 투자한 금액을 갚으면 다시 상단주 자리를 되찾을 수 있다는 말에 계약서에 수결했다.

하지만 투자금을 갚을 돈이 없으니 결국 미과상단을 넘길 수밖에 없었다.

그렇게 해서 상단주 자리를 되찾으셨지만, 그러면 뭐 하는가?

미과상단이 넘어가 버렸는데.

"그리고 이곳은 은해상단에서 새로운 상단주를 보낼 겁니다. 그러면 이곳을 비워 주셔야 하는데, 어디로 가시려고요?"

"……."

"집 한 칸이라도 마련하려면 돈이 있어야 하는데, 취직하실 곳은 있으십니까?"

당숙이 탐탁지 않은 표정으로 입을 열었다.

"그래도 원래 상단주였는데, 갑자기 말단 직원이라니……."

"당숙도 아시다시피 저희 은해상단은 능력에 맞게 대우를 해 줍니다. 그러니 열심히 해 보세요. 누가 압니까? 이곳의 상단주로 오시게 될지."

물론 내가 볼 때 그럴 가능성은 거의 없지만, 희망을 줘서 나쁠 건 없으니까.

.

.

.

보름 후.

송식 대행수가 미과상단에 도착했다.

"이 송식이 두 소단주님을 뵙습니다."

그의 말에 나는 웃으며 그를 맞이했다.

"오시느라 고생하셨습니다."

"아닙니다. 이곳에서 두 소단주님이 고생하셨지요. 정말 수고 많으셨습니다. 이곳에서의 활약에 은월각의 모든 분들이 기뻐하셨습니다."

"그런가요? 하하하."

"그럼 상단주의 집무실로 가는 것을 허락해 주시겠습니까?"

"네? 벌써요? 오시느라 고생 많으셨는데 오늘은 좀 쉬시지."

"아닙니다. 상단주님께 받은 임무가 막중하여 쉰다고 해도 제대로 쉬지 못할 것 같습니다."

"그렇게 하세요. 그래도 절대 무리하지는 마세요."

"걱정하지 마십시오. 아직 녹림패와 드잡이해도 끄떡없을 체력입니다."

"하하하."

송식 대행수는 원래 은풍대 출신이다.

하지만 그에게 뛰어난 상재를 엿본 조부님께서 그에게 무인이 아닌 상인의 길을 제안하셨고, 그때부터 차근차근 대행수까지 올라온 인물이다.

아버지께서 아주 든든한 사람을 미과상단의 새로운 상단주로 보내 주신 덕분에 나도 마음 놓고 은해상단으로 돌아갈 수 있게 되었다.

"그럼 상단주 집무실로 가시죠. 말씀드릴 것이 많습니다."

상단주 집무실에 도착해서 나는 송식 대행수에게 상황을 자세히 설명했다.

물론, 남호상단이 나에게 수익의 삼 할을 보내기로 했다는 건 빼놓았다.

그건 내 주머니를 채워 줄 돈이었고, 남이 알아서 좋을 건 없으니까.

.

.

.

미과상단의 일을 해결하겠다고 귀주성으로 떠날 때가 따스한 오월이었는데, 일을 해결하고 은해상단 본단이 있는 호북성에 도착하니 어느덧 무더운 팔월이었다.

상단에 도착하니 연락을 받고 가족들이 나와 있었다.

나와 진호 형뿐만 아니라 당숙의 가족들도 함께 온 것이니만큼 마중을 나온 거다.

"백부님을 뵙습니다."

당숙은 조부님께 인사를 했고, 조부님은 그런 당숙을 따뜻하게 맞아 주었다.

나는 가족들에게 인사를 하고는 현풍국으로 향했다.

삼 개월이나 출장을 다녀온 덕분에 쌓인 일이 무척 많았으니까.

아버지에게 이번 일에 대해 보고해야 하지만, 보아하니 그럴 상황은 아닌 듯했다.

금령이를 통해서 대충 상황은 보고했으니 급하진 않을 거다.

내가 아버지의 부름을 받은 건 저녁을 먹고 현풍국에서 밀린 업무를 처리하고 있을 때였다.

조영영 부관을 따라가던 나는 의문을 느꼈다.

그녀가 나를 데리고 가는 곳은 아버지의 집무실이 아닌, 조부님의 처소였으니까.

조부님의 처소에는 정원에 마련된 정자가 있다.

그곳에 조부님과 아버지가 앉아 계셨다.

"부르셨습니까."

"그래, 어서 오거라."

나는 조부님께 인사를 하고는 아버지의 옆에 앉았다.

시녀가 내 앞에 차를 놓아주었다.

나는 차분히 조부님의 말씀을 기다렸다.

"네가 귀주성에서 한 일에 대해서 아비에게 전부 들었다. 그래서 말인데 너에게 한 가지 묻고 싶은 것이 있구나."

"소손, 경청하겠습니다."

"어찌하며 미과상단을 은해상단의 손에 넣은 것이냐?"

나는 망설임 없이 대답했다.

"처음에는 그럴 생각이 없었습니다. 하지만 당숙과 지서 형님을 겪으면서 점점 확신이 들었습니다."

숨을 살짝 돌리며 말을 이었다.

"언젠가 미과상단은 다른 상단에 넘어가게 될 게 분명하다고 말입니다. 그래서 미리 손을 쓴 겁니다."

나는 빙긋 웃었다.

"작은 조부님께서 피땀 흘려 가꾼 미과상단이 다른 곳에 넘어가기 전에 말입니다."

잠시 나를 보시던 조부님께서 말씀하셨다.

"고맙구나."

"……!"

조부님의 말씀에 나는 놀랐다.

이렇게 갑자기 고맙다는 말씀을 하실지는 몰랐기 때문이다.

"나를 위해서 그리했음을 알고 있으니까."

나는 귀밑을 긁적였다.

미과상단이 다른 상단으로 넘어가거나 무너지면 은해상단이 손해를 보기에 그리하긴 했다.

하지만 조부님을 위해서라는 것이 더 컸다.

조부님의 동생이 세운 상단이 엄한 놈의 손에 넘어가게 된다면 무척이나 상심하실 테니까.

조부님은 쓰게 웃으며 말씀하셨다.

"사실 내가 해야 했던 일이었다. 하지만 조카 놈이 부족한 것을 알면서도 마음이 약해져서 결단을 내리지 못해 일이 이렇게 되었구나. 그래서 미안하고 또 고맙고, 그렇다."

조부님은 차를 한 모금 마시고는 말을 이으셨다.

"한 가지 더 묻고 싶은 게 있구나."

"네, 말씀하세요."

"나는 조산이와 지서에게 행수의 자리를 주라고 했는데, 어째서 말단 직원의 자리를 주기로 한 것이냐?"

그 말에 나는 고개를 들어 조부님을 보며 말했다.

"조부님 생각에, 당숙과 지서 형님이 행수의 자질이 있다고 생각하십니까?"

"……험험."

조부님은 헛기침을 하고는 차를 마시셨고, 옆에서 아버지께서는 난감한 표정을 지으셨다.

.

.

.

아버지와 함께 은룡전으로 돌아오는 길.

"마지막 질문은 좀 심했다."

아버지의 말씀에 나는 피식 웃었다.

"정말 그렇게 생각하세요?"

"물론 아니지. 사람이 그리 쉽게 변하는 건 아니니."

조부님이 후계자로 낙점되기 전에는 작은 조부님과 당숙도 이곳에서 함께 살았었다.

아버지는 그때를 아직 기억하고 계신 듯했다.

"내 숙부님은 정말이지 대단했단다. 자존심이 세다는 것이 문제였지만 상재가 무척 뛰어나셨으니까. 하지만 그에 반해 조산이는……."

아버지는 말을 아끼셨지만, 무슨 말씀을 하고 싶으신지 알 것 같았다.

"그나저나 무슨 일을 시켜야 한다고 생각하느냐?"

"아버지, 저희 은해상단에서 제일 바쁘고 제일 힘든 일이 뭘까요?"

"응?"

"이왕이면 그런 곳에 배속시켜서 자존심과 자만심, 그리고 혈기를 좀 꺾어 놓는 게 좋을 듯합니다."

내 말에 잠시 생각하시던 아버지는 고개를 끄덕이셨다.

"나 역시 그리 생각한다. 그리고 네가 말한 대로 가장 힘들고 바쁜 곳이 있지. 그리고 강도 높은 노동으로 인해 혈기를 부릴 시간도 없으며, 자존심과 자만심은 그곳을 이끌어 가는 자의 능력과 독설로 인해 산산이 부서질 수밖에 없는 곳이 있지."

"저희 상단에 그런 곳이 있습니까?"

내 물음에 아버지는 고개를 끄덕였다.

"있다."

"거기가 어딥니까?"

"현풍국."

"……."

.

.

.

다행이라고 해야 하나?

당숙과 지서 형님은 현풍국이 아닌 약재를 담당하는 상단에서 일하게 되었다.

썩어도 준치라고, 약재에 대한 지식을 썩히는 건 아까운 일이었기 때문이다.

얼마 후, 송식 대행수가 보고서를 보내왔다.

미과상단과 남호상단은 나란히 약재 가격 경쟁을 철회하였다는 내용이다.

그리고, 다시 정상적인 약재 가격을 받기 시작했다.

한동안 혼란이 있었지만, 어느새 귀주의 약재 시장은 언제 그런 소동이 있었냐는 듯이 잠잠해졌다.

이제 서서히 미과상단은 이득을 보게 될 거다.

저번 삶에서 은해상단이 귀주에 지부를 세울 땐 정말 어마어마한 돈이 들어갔었다.

하지만 이번에는 그때 들어갔던 돈의 십 분지 일도 들지 않았다.

그럼에도 미과상단은 물론이고 남호상단까지 손에 넣었다.

만족스러운 성과다.

.

.

.

그렇게 시간이 흘러 어느덧 본격적인 가을이 되었다.

은월각 회의.

아버지는 우리에게 말했다.

"송식 대행수에게 서신이 왔네. 드디어 미과상단이 적자에서 벗어났다고 하네."

"이제 비로소 귀주 지부로서의 역할을 하게 되었습니다."

"그러네."

"저희 은해상단의 영향력이 더 커졌군요. 이를 이용하면 이번 동지에는 오십 위 이상은 충분히 될 것 같습니다."

"나 역시 그리 바라고 있네. 그 말이 나와서 말인데 이번 백대 상단의 회합 날짜가 나왔네."

"그렇습니까? 언제입니까?"

"시월 초네."

"이제 곧이군요."

연 각주의 말에 아버지는 고개를 끄덕였다.

"해서, 이번에는 서호와 함께 다녀오려고 하네."

나는 아버지에게 되물었다.

"네? 저, 저요?"

"너도 알다시피 네 형수가 회임을 하지 않았느냐?"

형수님은 이번에 회임을 했다.

혼인 후 거의 삼 년 만에 생긴 아이라서 가족들이 무척 기뻐했었다.

"이런 때에 아이 아버지가 자리를 비우는 건 좋지 않지. 그리고 진호는 저번에 갔었고 하니 이번에는 너와 함께 가려고 한단다."

"알겠습니다. 그런데 장소는 어디인가요?"

"그걸 말하지 않았구나. 이번 회합 장소는 낙양이다."

"……."

순간 나는 긴장하고 말았다.

낙양은 무림맹이 있는 곳이기 때문이다.

(은해상단 막내아들 7권에서 계속)